蚌埠市文联重点扶持项目

攴 鑫◎著

汴水流，泗水流

——城春草木深

BIANSHUI LIU, SISHUI LIU
—— CHENG CHUN CAOMU SHEN

时代出版传媒股份有限公司
安徽文艺出版社

图书在版编目（CIP）数据

汴水流，泗水流：城春草木深/安鑫著.--合肥：安徽文艺出版社，2022.3

ISBN 978-7-5396-7356-1

Ⅰ．①汴… Ⅱ．①安… Ⅲ．①长篇小说－中国－当代 Ⅳ．①I247.5

中国版本图书馆 CIP 数据核字(2021)第 263868 号

出 版 人：姚　巍
责任编辑：周　丽　　　　　　　　　装帧设计：徐　睿

出版发行：时代出版传媒股份有限公司　www.press-mart.com
　　　　　安徽文艺出版社　　www.awpub.com
地　　址：合肥市翡翠路 1118 号　邮政编码：230071
营 销 部：(0551)63533889
印　　制：合肥创新印务有限公司　　(0551)64456946

开本：880×1230　1/32　印张：6.375　字数：200 千字
版次：2022 年 3 月第 1 版
印次：2022 年 3 月第 1 次印刷
定价：49.80 元

（如发现印装质量问题，影响阅读，请与出版社联系调换）

版权所有，侵权必究

目 录

第一章 / 1

第二章 / 10

第三章 / 23

第四章 / 32

第五章 / 56

第六章 / 70

第七章 / 84

第八章 / 102

第九章 / 116

第十章 / 133

第十一章 / 149

第十二章 / 160

第十三章 / 171

第十四章 / 181

第十五章 / 194

第一章

1

民国二十五年（1936）春天，汴泗流域的天湖岸边开满了白色的荠菜花，远远望去，像幽蓝的夜空中闪烁的点点繁星。

"城中桃李愁风雨，春在溪头荠菜花。"

天湖岸边的草民们，却已经记不清有多少年没有看到过荠菜开花了。

从鸦片战争到现在，洋人的入侵，军阀的混战，匪患，天灾，兵连祸结，早已将这片膏腴的土地蹂躏得面目全非，"鱼米之乡"只是一个曾经存在过的美丽传说。

"荠菜儿，年年有，采之一二遗八九。今年才出土眼中，饥饿之人不停手。"

"采之一二遗八九"的日子，是值得留恋的。

远在唐代，尤其是开元盛世之际，无论士农工商，都要在立春这一天，去郊外野游探春，挖荠菜便是野游探春的主要活动内容之一。立春时节的荠菜，翠绿、鲜嫩、味美、醇香，可谓色、香、味俱佳。野游探春的人们，将采来的荠菜用清水洗净，和以肉馅，制成春饼，又以荠菜为主料制成"春盘"，作为节礼相互馈赠，故有"盘装荠菜迎春饼"之说，而新春吃荠菜春饼之习俗也就此蔚然成风，绵延不绝。

然而,曾几何时,年年都成了"今年","饥饿之人不停手"!

荠菜开花?

等着吧!

终于,还是等到了。

民国二十五年的春天,白色的荠菜花又一次开遍了天湖岸边,也开遍了天湖岸边草民们的心田。

荠菜只是一种野草,荠菜花只是一种野草花,然而,在天湖岸边草民们的心目中,荠菜和荠菜花,却绝不仅仅只是野草和野草花。

就像一首诗里说的:

草没有年轮

岁岁都是新生

草地的草

草地的地

它们彼此的沧桑

彼此都洞晓

2

荠菜花一开,天湖岸边就热闹起来了。

数不清的人,像野草从地底下冒出来似的,挤满了河滩。

各色小吃,各种杂耍,各样柳编和木制的农具。

摩肩接踵、熙熙攘攘的人群。

人们在密集的人群里挤着、笑着、吃着、闹着。

叫卖的吆喝声、讨价还价声、耍猴子的铜锣声、拉魂腔的咿咿呀呀,和着远处骡马市场隐隐传来的骡马的嘶鸣、牛的低吼、羊的哀鸣,成就了一幅人间喜乐的烟火图景。

女孩子们却不愿意去凑这样的热闹,她们心有灵犀似的,不约而同地聚集到天湖岸边青石铸就的老码头上,循着石阶而下,一直走到湖水的没膝深处,弯下腰,低下头,解开盘着的如云般的青丝,青丝就如同缎子一般,滑进温润的湖水里。

青丝在水中荡漾,一如少女怀春的梦。女孩子们的心随着青丝的荡漾,也渐渐泛起了一波又一波的涟漪,她们的心渐渐不安分起来,眼波儿横流,起了雾似的,霎时,连空气中都弥漫着美与媚。

"二月二,龙抬头。三月三,生轩辕。"

二月二,龙抬头,家家都接小猫猴。二月二是年轻妇女们的节日,这一天,娘家的亲人们会以非常隆重的礼节,将已经出阁的闺女接回娘家小住,不管她们是否已为人母,在父母亲的眼中,都还是那出嫁之前的淘气的小猫猴。

三月三,生轩辕。三月三是农历三月的第一个巳日,也是中华人文初祖黄帝诞生的日子。这一天,无论男女老少,都要结伴去水边沐浴,祓除不祥,然后祭祀、游春、饮宴,"浴乎沂,风乎舞雩"。而对于怀春的少女们来说,上巳节这一天就显得尤为迫切、重要且十分必要,只有在这一天,她们才可以自由自在、无所顾忌地游玩嬉戏,穿着漂亮的衣服,踏歌起舞,采兰花或者荠菜花,然后,和心爱的男子互诉衷肠,海誓山盟。对于怀春的少女而言,上巳节就是女儿节,就是情人节,就是春回大地万物复苏的第一声惊雷,就是从《诗经》中走来的远古的歌谣。

    冬眠中苏醒的溱河洧河,
      正浩荡着满河欢快的波。

小伙子姑娘们来到这里，
手拿着香草心怀着快乐。
姑娘轻轻地问：去看看吧？
小伙子却故作矜持：我想歇一歇。
姑娘依旧轻轻地坚持：
还是去看看吧
就在溱河洧河的岸边，
那里鲜花盛开，
有很多的少男少女，
热闹又快活，
小伙子牵起姑娘的手，
一起去那洧河的岸边采芍药。

3

一阵欢快而热烈的锣鼓声，仿佛从天而降一般，突然闯进天湖岸边赶热闹的人们的耳膜，立刻吸引住无数人，尤其是孩子们的目光。他们循声望去，两头青狮正紧随在锣鼓队伍的后面，竹子扎就的金色狮头上，有大大小小十几个圆锥状的凸起，麻被剪成一缕一缕的细丝，用靛青染就，编织成狮身，金头青衣，摇头摆尾，憨态可掬，却又透着凛凛的、不容冒犯的威风。

"哦——耍狮子喽！"

孩子们欢呼着，迎着锣鼓飞一般奔过去。

"快看快看！耍狮子的来了！"

大人们也按捺不住心里的激动，踮起了脚尖，伸长了脖子，指指点点地议论。

锣鼓和狮子的队伍很快被团团围住,寸步难行。

被人群困住的狮子似乎有些生气,只见它猛然间睁大了铜铃般的眼睛,血盆大口中发出一连串尖厉的呼啸,不待啸声停下,便突然立起,做人立状,向着人群左一扑右一扑,人们立刻向后退去。挤在前面的孩子们更是连连发出惊叫,连滚带爬,生怕退得慢一点,就被狮子给活活地捉了去,再也见不到爹娘。

一时间,锣鼓声、狮子的呼啸声、孩子的尖叫声、大人的笑骂声,响彻整个湖边。

两只狮子一起发力,很快圈出了打麦场大小的一片空地。这时,有人抬来了几张八仙桌,并把八仙桌呈宝塔形一层层地摞起来,一直摞了五层才罢手。

围观的人群开始叽叽喳喳地议论。

"看吧,好戏就要开始了。"

"多少年都没看过狮子登山了!"

"是啊!饭都吃不饱,哪有劲耍什么狮子?!"

"今年风调雨顺,看这光景,收成准错不了!"

"也许吧,谁知道呢。日子好歹不都得过吗?"

"听到没有?锣鼓点子变了,好戏来了,看吧。"

果然,随着锣鼓声变得铿锵而密集,耍狮子的人闪亮登场了。

你看他:头扎雪白的毛巾,脸上涂着浓浓的腮红,越发显得容光焕发;浓眉下一双俊目,炯炯有神;上半身,绣着金黄绲边的白色中式对襟小褂;下半身,同样白色的灯笼裤;脚上穿一双白色软底布鞋,鞋头点缀两朵大红的绒球,整个人看上去风流倜傥、玉树临风。

耍狮人一连几个漂亮的后空翻,稳稳地落在场地的中央;接着一个金鸡独立,左手掐腰,右手执绣球,高高地举起,中指轻轻地一拨，大红绣球滴溜溜快速地转动起来。耍狮人同时气沉丹田，两眼紧紧地盯着双狮，舌迸春雷，大喊一声："呔！"

精彩的亮相，立刻引来人群雷鸣般的叫好声。

两只狮子目不转睛地盯着绣球，随着锣鼓的节奏，或扑闪腾挪，或抓耳挠腮，或撒泼打滚，或垂目伏地。

人群中喝彩声、口哨声此起彼伏。

耍狮人悄悄地退出场，两只狮子不见了耍狮人和绣球，左顾右盼，你看看我，我看看你，茫然不知所措的样子，引来人群的一阵哄笑。

其中一只青狮大概是被人们揶揄的笑声激怒了，两个起伏便蹿上了最高一层的大桌子，居高临下，威风凛凛地俯视着脚下的众生。

隐藏在人群中的耍狮人，用含在口中的响子吹出一串尖厉的哨音，青狮循声望去，没有找到人，也没有找到绣球，越发被激怒，一声长啸，纵身从高台扑向地面。

霎时，人群寂然无声。

青狮落地，一连几个翻滚，将下坠之势卸去，紧接着一个人立，又一声长啸。

人群这才如大梦初醒一般，叫好声、口哨声响彻云霄，经久不绝。

4

喧嚣的声浪引起了正在老街上忙活的于万顺的注意，他示意几个随从继续干活，自己却疾步往热闹处赶过去。

舞狮表演已经结束，围观的人们却不肯就此散去，他们还沉浸在刚才高潮迭起的狮子舞中,不能自已,继续围观着,议论着。

"这个拿绣球耍狮子的师傅,活儿可真不丑!扮相也漂亮!"

"我看还是那个狮头厉害,五层高的大桌子,没有真功夫还真不行!"

"那倒是。狮头狮尾配合得也好。多少年没看过这么出彩的演出了!"

"这个狮头也不知道是谁扮的,等会好好瞅一瞅!"

"好好瞅一瞅?怕你瞅到眼里拔不出来喽。"

"去你的!"

于万顺拍拍一个人的肩膀:"借过。"

被拍肩膀的人正说得热闹,有点不耐烦,头也不回地说道:"别借过了,都散场了!"

于万顺继续拍那个人的肩膀:"借过。"

"你这个人——"

被拍肩膀的那个人颇不耐烦地回过头来,想要发火,见是于万顺,硬生生地将后半句话咽回肚子里,转瞬间换上一脸恭顺的笑容,腰也不自觉地弯了下去。

"哎哟,原来是于大管家!得罪得罪!于爷,您请!您里边请!"

围观的人群听到是于万顺来了,都自觉地闪开了一条路。

于万顺径直走进去。

舞狮子的人正在卸装。

扛狮头的是个身材魁梧的小伙子,他左手举着狮头,右手擦着满脸的汗,身上绑着的青麻狮子皮还没来得及解下。

于万顺本想看看是谁舞狮子舞得这么好,没想到打眼一看,舞狮头的竟然是他,立刻气不打一处来。

7

"大武!"

于万顺一声大喝,惊得小伙子转过脸来。小伙子一看是于万顺,立刻换上一副嬉皮笑脸的表情。

"哎呀,万顺叔,您吓我一跳!我哥结婚,您不去忙着,怎么还有空来看耍狮子?"

"好小子,还好意思说嘴!你哥结婚,你不在家帮忙,倒跑来耍狮子!你可真够有心的你!让老爷看见了,看不打断你的腿!"

"老爷?老爷的哪只眼睛能看到我呀?您可别瞎操我的心了,赶紧忙您的正事去吧。"

"别废话了!赶紧跟我回家去!"

于万顺说着,走到跟前,去拉小伙子,小伙子却一个闪身,躲开了他。

"三月三,洗晦气。我这一身臭汗的,还没到湖里洗洗呢。"

"洗什么?!赶紧回家忙正事去!"

"那可不成!"

小伙子边说话边放下狮头,三下五除二,麻溜地褪去身上的青麻狮子皮,闪过于万顺,冲开人群,朝码头跑去。

于万顺赶紧跟在后面追。

"刚出汗的热身子不能沾凉水!听到没有,你个浑小子?"

"刚过三月天,水还凉得很,不能洗澡!"

于万顺边追边喊,哪里能赶得上小伙子的脚步?

小伙子也不搭话,跑到码头,把对襟小褂脱掉,顺手随便一甩,便沿着青石的漫坡跑进水里,溅起一阵一阵的水花。

溅起的水花打湿了少女们的衣服,惊扰了少女们美好的春梦。

"讨债鬼!"

"愣头青!"

"着急忙慌的样子。"

"赶着去投胎吗?"

"赶着去湖里喂王八呢!"

她们骂着,笑着,脱去了矜持的外衣,显露出湖边少女泼辣的本性来。

"这个冒失鬼是哪家的?"

"哪家的?还能是哪家的?于家的二少爷,于成武呗。"

"哦,他就是于成武啊?"

"'哦,他就是于成武啊?'听你的语气,看上了呗?"

"去你的,死丫头,三斤半鸭子二斤半的嘴!"

少女们斗着嘴不过瘾,爽性互相泼起水来,反正衣服也湿了。

女儿节、情人节又变成了泼水节。

等于万顺紧跑慢跑赶到码头的时候,于成武已经一个猛子不知道扎到哪里去了。

第二章

1

天湖镇不大,只有东西向和南北向的两条街道。

南北向的街道是横街。横街不长,大约200米的样子,南头连着码头,北头连着于泗鲲家的庄园于圩子。

东西向的街道是竖街。竖街比较长,大约600米的样子,东头和横街呈T字形交叉,西头连着贫民窟、乱葬岗和菜园子。

横街和竖街两侧都分布有众多的商铺,除浴池和酒楼为两到三层的建筑外,其余均是一色的青砖小瓦,两面坡,屋顶起脊。

横街自码头起,依次有浴池、粮行、布庄、酒楼、百货行、钱庄。

浴池、粮行、布庄、酒楼、百货行、钱庄,主人无一例外都是于泗鲲。

浴池为两层木构架建筑,名万安,取一切平安之意。临街,背靠天湖湖汊,给水、排水都十分方便。一楼为普通座席,供镇上一般居民和码头工人洗浴;二楼为雅座,分若干包厢,供镇上头面人士洗浴及商务接待、洽谈。

酒楼为三层木构架建筑,翘角飞檐,美轮美奂。登楼饮宴,既可把酒言欢,又可远眺天湖美景,正所谓落霞与孤鹜齐飞,秋水共长天一色。

粮行、布庄、百货行、钱庄,格局照例是前店后仓。只钱庄为金融重地，除前店后仓之格局外，另有一条地下暗道通往圩内。这当然是绝密的，只有于泗鲲本人和极少数心腹掌握。

竖街自东向西，依次分布有茶馆、烟馆、卤锅店、面馆、渔具行、木器行、铁匠铺、成衣铺、棺材铺等等，五行八作，应有尽有，只是规模较小，多为镇上较为殷实的人家所经营，但官、匪、兵、灾横行，自然也少不了要仰仗于泗鲲多多照拂。

天湖镇虽然不大，但因为是个水陆码头，交通十分便利，所以还是有些小小的繁华。汴泗地区方圆百里的物流集散，南来北往的舟马商旅，倒也小有车水马龙、熙熙攘攘之势。

只是今天因为三月三，人流全都集聚到湖岸边的空场上去了，老街上反而行人寥寥，透出与往日不同的冷清来。

2

于万顺沿着码头走到横街，看到红地毯已经铺好，从码头和横街的连接处，一直通到于圩子庄园的大门口。大红的颜色在朗朗的日光下显得很刺目，却也透出一种煊赫的气势。

红地毯是在几天前，跟着大少爷于成文，从上海搭火车，沿京沪铁路到南京，火车轮渡过长江后，再沿津浦线一路北上，到蚌埠后转走水路，沿淮水东下，经江历淮，才到达天湖镇的，可谓千里奔波。

红地毯是从西方传入的，具有非同一般的含义。

据《圣经》记载，在亚伯拉罕的时代，订立重大的盟约，必须通过一种十分血腥的方式：将牲畜劈成两半，让牲畜的鲜血流在中间的位置，两个立约人一起，并肩走过这个血流满地的地方，表示谁如果不信守承诺，擅自撕毁盟约，就会像这个被劈死的牲畜一样，受到死亡的诅咒。婚礼的红地毯正是从这个约定的古老习俗演变而来,向世人昭告:结婚是一件十分神圣的事情,是彼此之间的生死之约,双方在神的面前立约,并接受神的监护。

另据历史学家的研究考证,红地毯作为一种代表至高无上荣誉的礼仪形式,早在古希腊时期就已经出现,古希腊悲剧诗人埃斯库罗斯在他的一部著作中,就记载有古希腊迈锡尼国王、希腊诸王之王、希腊联军的统帅阿伽门农,在历时十年的特洛伊战争中,历尽艰辛,最终用木马计彻底打败特洛伊人,凯旋之时,迎接他的上帝之脚的便是长长的红地毯。

还是不要去管红地毯的缘起和意义了吧,天湖镇上的人,包括于泗鲲在内,没有谁知道这些,也没有人愿意知道这些,他们只要知道,民国二十五年的这个时候,红地毯在上海滩尚且只是达官贵人们的新宠,在小小的天湖镇就更是个稀罕玩意儿,就足够了。在上海滩都是达官贵人新宠的红地毯,在小小的天湖镇引来三三两两的老街原住民的关注,自然也就毫不奇怪了。没见过世面、常年流着臭汗的乡下汉子,只是远远地看着,不敢靠近;而几个头戴瓜皮小帽、身穿夹袄的乡间绅士,却一副见多识广的样子,正佝偻着腰,对着红地毯,一边感慨,一边议论。只是那充满好奇的、紧紧地盯着红地毯的目光,却在不经意间暴露出他们内心的局促与浅薄来。天气已并不寒冷,实际上说煦暖也并不为过,他们却还是习惯性地将双手笼进长衫袖子里,拢在胸前,一副冬烘的样子。

"这么好的呢料子,舍得铺在地上,真是可惜呀可惜!"

"卫老夫子,你真是老眼昏花了!这叫地毯,洋人的玩意儿,我去上海滩的时候见过,大饭店和有钱人家里都铺这个。"

"可惜呀可惜!暴殄天物!暴殄天物呀!"

卫老夫子并不理会别人的话,仍旧自说自话地感慨着,似乎不能尽兴,干脆蹲下身去,将手从袖子里抽出来,心疼地在红地毯上不停地抚摸。

几个人看他这个样子,全都摇着头,笑了起来。

"于老爷为了他的大儿子,这回可真是下了血本了!"

"下了血本?您老的眼珠子该抠了吧,敢这么小瞧于老爷?钱庄都开到上海、南京、蚌埠了!区区这几百米地毯,哪算是九牛身上的一根毛呢?"

"黄老爷说得是啊!不说钱庄,就说这双河酒厂,每年挣的银子,怕买不下整个汴水县、泗水县?"

"是的是的。听说于老爷在山东青岛还有纱厂?"

"没听说吗,于泗鲲一跺脚,汴水、泗水都得往回流!"

"几位爷在说什么呢,这么热闹?"

于万顺正好走过来,听到他们的议论,停下脚步,故意问道。

几个人连忙转头,见是于万顺,忙不迭地抱拳作揖。蹲在地上抚摸地毯的那位也慌里慌张地爬了起来,问候于万顺。

"哎哟,顺爷!"

"顺爷!"

"顺爷今天辛苦了!"

于万顺却并不买账,依旧冷着一张脸。

"我说,几位爷,我家老爷平日里可没少关照各位,几位爷就是这么回报我家老爷的?大喜的日子,背后编派我家老爷,可真够有能耐的!"

几位乡绅听于万顺这样说,立刻慌了神。

"岂敢岂敢!"

"我等是说于老爷富甲一方,仁爱之心更是无人能及,令人高山仰止!"

"于老爷富贵而不骄,怜贫恤老,润泽乡梓,这些大家都是有目共睹。如此大仁大义,实为我等楷模,岂敢背后编派?顺爷误会了!误会了!"

于万顺冷冷一笑,大喜的日子,不便过于较真,况且,也确实没说什么过分的话;即使说了什么过分的话,以老爷的性格也必会一笑了之。至于乐善好施,造福乡里,老爷也是一贯低调行事,从不张扬。施恩图报,岂不成了小人的行径?便是今日之事,老爷若是得知,也一定会怪他多事,少不得会谆谆告诫一番的。想到此,于万顺便也就坡下驴。

"各位爷既如此说,便罢了。不是我于万顺矫情,维护我家老爷,实在是我家老爷太过仁义。就说这红地毯吧,以我家老爷为人处世的风格,断不至于如此铺张,各位可知这背后的故事?"

黄老爷冲于万顺一抱拳:"愿闻其详!"

其他人也跟着起哄:"那就烦请顺爷给我们说道说道。"

于万顺正待细说原委,忽又想起老爷素不喜他饶舌的毛病,不由得哈哈一笑,双手一摆。

"今天事情太多,不便详聊,改日再叙,改日再叙。"

于万顺说着,转身径直奔庄园方向,扬长而去。

"这……这……"

几个人面面相觑,一脸无奈。

一直没有说话的卫老夫子此刻却捻须微笑,若有所思。

"这背后的故事,老夫倒是略知一二。"

"那就快说吧,别卖关子了!"

其余几个人异口同声地催促道。

3

那还是清宣统二年(1910)的事情,距民国二十五年已经颇有些时日了。

那一年,晚清政府已经完全陷入风雨飘摇之中,各种反清势力此起彼伏、遥相呼应。

2月12日,合肥人、同盟会会员、广州新军炮排排长倪映典,率新军千余人发动广州起义,举国震惊。

2月27日,扬州人、同盟会会员、安庆起义领导者之一、新军队官熊成基,在东北谋划炸死清廷考察海军大臣载洵和萨镇冰,未果,就义,声名远播。

4月23日,山阴人、同盟会会员、《民报》主编汪兆铭,千里赴京刺杀摄政王载沣,被逮后,口占一绝以明志:"慷慨歌燕市,从容作楚囚。引刀成一快,不负少年头。"遂成一时绝唱。

7月4日,山东大灾,莱阳人曲诗文发动农民起义,痛斥清廷"行苛政,阴险惨毒",发誓"今天赐吾以济民之任,吾必杀尽贪官污吏与诸绅士,斩草除根",参加起义者达数十万人。

8月4日,安徽、江苏、浙江等数省暴雨成灾,灾民流离失所,虽食尽草根树皮也不能果腹,绝境之下,不得已铤而走险,苏北各州灾民抢粮,皖北灾民李大志聚众起事,振臂一呼,应者云集。

风起云涌之下,汴泗地区,天湖岸边,一场起义也正在紧锣密鼓地酝酿。

郑家渡,天湖南岸一个偏僻的小渔村,村外破旧的土地庙里,十几条汉子席地而坐,神态激昂,声音却又极压抑,正在热烈而紧张地讨论着什么。

于泗鲲侧耳倾听,神情专注,时而微笑,时而颔首,时而凝眉沉思,时而若有所悟,显出与年龄并不相称的成熟与稳重。

等到大家把自己该说的话都说完了,十几双眼睛一起盯着他的时候,他这才微微一笑,从容地站起身来。他的身躯是如此高大魁梧,以至于衬托得这原本就破旧的土地庙越发渺小和不堪了。于泗鲲随手将刚才低头沉思时滑落到胸前的辫子轻轻地一甩。辫子被甩到了脑后,于泗鲲的表情也随之变得严肃而凝重。于泗鲲抿了抿嘴唇,重重地咽下一口唾沫。

"各位兄弟,大家或有耳闻,或亲眼所见,自今年入夏以来,山东、安徽、江苏、浙江各地相继发生天灾,灾民流离失所,居无寸土,食不果腹,虽草根、树皮剥食殆尽,亦不能稍改饿殍遍地之境遇。而清廷非但不以赈济为要务,苛捐杂税反而尤甚于昔,以贪官污吏领土匪之兵丁,竟以盘剥戕虐百姓为能事,如驱饿虎群狼入嗷嗷待哺之羊群,民不堪命久矣!

"各位兄弟,目前形势,不独市民罢市、农民起义,便是朝廷自己培养的新军,也已纷纷觉醒,毅然投身于革命之行列,虽抛头颅、洒热血亦在所不惜!清廷已是众叛亲离,死日无多!

"孙中山先生以救民为己任,联络天下英雄,创立革命组织同盟会,'驱除鞑虏,恢复中华。创立民国,平均地权',誓与清廷血战到底。

"我等虽为帮会中人,却也是汉家后裔、炎黄子孙,驱除鞑虏,恢复中华,我辈当仁不让!

"承蒙孙中山先生不弃,引我青帮兄弟为同盟会中革命同志,我辈建功立业正当其时!不才于泗鲲愿与各位兄弟同甘共苦,同生共死,不推翻清廷、建立民国、平均地权,誓不罢休!"

众皆称善,群情激昂。

"七月十五中元节,是我炎黄子孙祭祖之日,地府开门,祖先亡魂回家团圆,接受后人祭供。可是时至今日,家园何在?以何祭供?天怒人怨、人鬼共愤!我辈不于此时举义,更待何时?今与各位兄弟约定,七月十五子时三刻,天湖镇东之天湖北岸集结,举火为号,发动起义!"

众人点头称是,歃血为盟,端起酒碗,正待一饮而尽,在门外放风的于万顺忽然跑进来,一脸的惊慌。

"少爷,不好了,清兵来了!"

众人闻言,一下子站了起来,握紧里手里的家伙。

于泗鲲示意大家少安毋躁。

"大家沉住气,不要慌。万顺哥,别着急,把情况说清楚!"

"我在树上放风,看见清兵从大路进村,朝我们这个方向扑来了,有骑兵,有捕快。少爷,赶快带大伙散了吧,再迟就来不及了!"

"好。大伙听着,出土地庙后门,几十米就是湖边,湖边有几条小船,你们跟着万顺哥,速速乘船离开,我来掩护。"

"这怎么行?"

"跟他们拼了!"

"对!说好的同甘共苦,同生共死!"

众人七嘴八舌,议论纷纷,情绪激动。

"大家安静!大家听我的,现在还不到拼命的时候。你们赶快跟万顺哥离开,不要耽误起义的大事!这里的地形我熟悉,我自有脱身之计。"

众人面面相觑,迟疑着。

于泗鲲真急了。

"你们再不走,就真是害我了!快走!快走!万顺哥,快带大伙走!"

众人见于泗鲲连眼睛都红了,这才跟着于万顺,出了土地庙后门,匆匆向湖边跑去。

说时迟,那时快,土地庙中已经能够听到马蹄急促的嗒嗒声。

于泗鲲立刻抓起一支马枪,跑出土地庙,迎面冲上去。

射人先射马。

"砰!砰!"

随着两声清脆的枪响,跑在前边的两匹马立刻倒在了地上。

后边的人马乱成一团。

清兵头目却十分清醒,立刻大声指挥后面的捕快,绕过倒地的马匹,扑向湖边,同时下马,向于泗鲲所在的位置射击。

于泗鲲立即退回土地庙中,寻机逃走。

捕快们奔到湖边,只见一片汪洋,水流汹涌,哪里还有小船的影子?

清兵头目恼羞成怒,一面命令捕快封锁湖岸,防止刚才射击之人再从湖中逃走,一面亲自带领马队,逼近土地庙。

于泗鲲见势不好,连忙寻机向村中逃去。

清兵穷追不舍。

形势千钧一发。

4

秀才郑士先坐在枣树下读书。

枣树倒是枝繁叶茂,却连一颗枣子的踪影也寻不见。

这年头,只要是能吃的东西,早就被吃光了,哪里还能等到成熟?

郑秀才也是饥肠辘辘,但是"先师有遗训,忧道不忧贫",便也只好以读书果腹。

忽然,一阵响动惊扰了郑秀才,他抬头,闻声望去,只见一个手持马枪的高大汉子,越过低矮的院墙,跳到了院子里来。

汉子没想到院子里有人,一时有些愣怔。

外面人喊马嘶,一片嘈杂。

"人哪去了?"

这是清兵头目的问话声。

"转个弯,就突然不见了。"

"我好像看到一个人影一闪,跳到这个院子里去了。"

"包围这个院子!其他人,跟我进去搜!"

郑秀才立刻明白了,他迅速起身,小跑着到了于泗鲲的跟前,抓起他的手。

"快跟我来。"

后院,一口深井前,郑秀才放下井绳。

"快下去,沉到底。井边有洞,钻进去。"

于泗鲲来不及多想,连人带枪,缘绳下井,很快没入水中。

井水的水面泛起一圈又一圈的涟漪。

郑秀才收起井绳,拴上木桶,重重地扔下井去,汲水。

清兵踹开柴门,蜂拥而入。

郑秀才闻声走过来,手里还拎着一桶水,十分吃力的样子。

清兵正在到处搜索,院子里一片狼藉。

郑秀才见状大怒。

"都给我住手!"

清兵头目闻声走过来,手里玩着马鞭,满脸狞笑。

"哦,住手?你是何人哪?"

"我是何人?我是主人!我是大清的秀才,有功名的人!你们未经主人允许,私闯民宅,你们……你们难道没有王法了吗?"

"一个秀才,跟我谈什么王法?功名?哈哈哈……"

清兵头目仰脸向天,一阵狂笑。

"告诉你,老子就是王法,老子手里的枪就是王法!还功名?朝廷废除科举都几年了,你的那点功名,现在恐怕连老子的一根汗毛都不值!还说什么私闯民宅,真可笑!快说,有没有看见一个大汉跳墙进来?"

"什么大汉!我在后院汲水,听到响动,走过来,只看到一帮强盗,何曾见过什么大汉?"

"好!算你有种,敢骂我们是强盗!等会搜到了逆党,我看你再嘴硬!"

清兵头目转向众清兵。

"给我搜,仔仔细细地搜,连个老鼠洞都不要放过!我就不信,他能插了翅膀,飞上天去!"

众清兵不顾郑秀才的阻挡、怒斥,将屋里屋外、角角落落搜了个遍,哪里有半点影子?

清兵头目恼羞成怒。

"还有哪里没有搜到?还有哪里?"

"就这么大一个破院子,都来回搜多少遍了。"

有人小声嘀咕。

"我问的是哪里还没有搜到!哪里还没有搜到!蠢货!"

"报告大人,水井,水井好像还没有搜。"

清兵头目眼睛一下子亮了。

"都跟我来!"

水井跟前,清兵头目命令士兵向水里放枪。

数声枪响过后,水井除了泛起些许涟漪,并没有血水冒上来,也没有什么尸体浮上来。

清兵头目勃然大怒到要崩溃的地步。

"给我放火烧！烧！不出来就给我烧死他！"

几个清兵开始放火。

郑秀才又哭又骂，扑上去要和清兵头目拼命，却被两个清兵架住，丝毫动弹不得。

火势越来越大，映红了半个天空。

5

"哦,原来是这样。"

几个人这才恍然大悟一般。

"于老爷这是要报郑秀才的恩哪！"

"于老爷可真是个知恩必报的君子啊！"

"我们汴泗流域虽说是鱼米之乡，却也是个四战之地，无山川之固，无江河之险，官家、土匪，谁不把这里当作一块肥肉，明争暗斗，巧取豪夺？武昌首义二十多年来，若不是有于老爷坐镇，左右逢源，早就不知被祸害成什么样子了，要说报恩，我等也该报报于老爷的恩！"

"黄爷这话倒是不假，于老爷在外面挣了银子，在家乡修桥铺路，恤老怜贫，逢着灾年便开仓放粮，广施赈济，简直就是个活菩萨；便是我等，平素也多亏有于老爷照拂，才保得体面！"

"'久旱逢甘雨，他乡遇故知。洞房花烛夜，金榜题名时。'此乃人生四大喜。今日于家大少爷成文新婚之喜，我等理当前去祝贺。"

"卫老夫子言之有理，我等这就前往道贺？"

"理当如此,理当如此。"

"同去同去!"

于是几个长衫党,便顺着红地毯,前往圩子,给于泗鲲于老爷贺喜去了。

第三章

1

于圩子在天湖镇的东北端,占地大约一百亩的样子,坐东朝西,一条人工挖的壕沟围绕在圩子的四周。

壕沟既深且宽,在圩子的正北方向汇成一口十亩见方的人工大塘。

壕沟的水引自天湖,除非天下大旱,否则一年四季都不断流。

挖壕沟和大塘的土全都用于垫高圩子的基础,所以圩子里面比圩子外面要高出不少,也就衬托得圩子在这一马平川的乡野间越发雄伟。

沿着壕沟的内侧,自然少不了围墙。

围墙高两丈有余,砌体一律是大块的青砖,厚重古朴。砖与砖之间黏合的材料,也并不用南京、上海时下流行的水泥,而一律采用古法,石灰浆、糯米汁、桐油按一定比例混合,并搅拌均匀。如此固然费时费力,但这样制作出的黏合剂,用它铸就的围墙,却也因此坚固无比,经得起岁月的侵蚀、风雨的洗礼。

沿着围墙一周,共有碉楼八座,围墙东、西、南、北四角各一座,东、西大门处各两座。碉楼高出城墙两米有余,有瞭望台、射击孔。尤其是大门两侧的碉楼,依门相望,拱卫着圩堡的门户,位置尤为突出和重要,因此也更加坚固、雄伟和壮观。单就射击孔的密集程度而言，其所形成的交叉火力，足以毁灭任何想要突入圩堡之敌。

东大门处的壕沟向里凹进成一处港湾，小型船只可以通过壕沟与天湖之间的节制闸，自由出入于壕沟和天湖之间，将停泊在天湖码头的大船上的货物，分批、多次运送进圩堡，也可以将圩堡里边的货物分批、多次运送到大船上，再由大船沿着天湖输送出去。

西大门是圩堡的正门，通过吊桥连接着横街与官道。平日里，吊桥只是在通行时才会放下；今天，吊桥却一直平稳地卧在壕沟之上，前来贺喜的宾客和圩堡里办事的人员，往来穿梭，络绎不绝。

靠近西大门处的圩堡内，有一大片空地，约一个足球场大小，平素用于团丁的训练，今天早已搭起了帐篷，摆上了桌椅，支起了锅。十几个精壮的汉子，打着赤膊，杀猪宰牛，忙得热火朝天，汗流浃背；几十个妇女，烧水的烧水，烫鸡的烫鸡，也是热气腾腾，不亦乐乎。

这样的人家，这样的喜庆事，戏班子自然是少不了的。戏台搭在空地的北边，便于参加宴席的人们一边享受美食，一边观赏演出。

汴泗地区地处南北分界地带，文化的南席北渐给这一地区带来了十分丰富多样的戏剧形式，京剧、昆曲、苏州评弹、快板、评书、京韵大鼓，不一而足。然而最受老百姓欢迎的还是当地原汁原味的拉魂腔。

2

拉魂腔是汴泗地区土生土长的民间艺术形式。

拉魂腔据说最早起源于清代乾隆年间。

康乾时期是中国历史上少有的几个盛世之一，尤其是乾隆年间,天下统一,政治稳定,经济繁荣,老百姓的日子相对也就好过一点。作为鱼米之乡的汴泗地区,老百姓能够吃得饱、穿得暖大约是不成问题的。饱暖思淫欲,那是有钱且有闲的绅商阶层的事情,草民们是不能够也不敢做这样的春梦的,但是耕作之余,总还要有一点精神上的放松和愉悦。高压的集权政治体制下,普天之下莫非王土,雷霆雨露皆是君恩,唱"日出而作,日入而息。凿井而饮,耕田而食。帝力于我何有哉"之类的歌谣,显然已是大大地不合时宜,且不说无处不在的文字狱和无孔不入的特务组织,单是"帝力于我何有哉"这种藐视君王的态度,便足以让草民们戴上一顶"目无君父"的大帽子,稀里糊涂地掉了脑袋。为了一点精神的放松和愉悦,弄掉了吃饭的家伙,显然是一笔极不合算的买卖。世易时移,变化宜矣,物竞天择,适者生存。草民们自有其生存的智慧和变通的方法。干活累了,汗流浃背,痛快淋漓地灌下一碗凉水,躺在田埂上狠狠地伸上一个懒腰,看看蓝天白云、草木青青,不去感慨什么"燕雀安知鸿鹄之志",就扯开嗓子,喊上一回,何乐而不为!

就这样,一来二去,慢慢有了腔调。又因为汴泗地区地处南北交汇之地,文化的南输北渐,风土人情的交错融合,使得这腔调兼具了南音的柔媚低回和北音的粗犷放达,丰富的花腔和独具一格的拖腔翻高极具感染力,能把人的魂勾拉走!草民们一高兴,干脆就把这腔调叫作"拉魂腔"。

"拉魂腔一来,跑掉了绣鞋;拉魂腔一走,睡倒了十九。"

"听了拉魂腔,喝酒吃肉都不香。"

每逢农闲,月上柳梢,一片空地,几声锣响,拉魂腔的乡村舞台便成了草民们整个的人生世界。高兴时来一段快板,涤荡得五脏六腑都干干净净;悲苦时点一段慢板,在撕心裂肺的腔调里将心中所有的苦情都抚平。

真是:天地大梨园,古今真乐府。

3

汴泗地区的演出班子多如牛毛。

说是演出班子,其实不过是一个个以家庭为单位的演出组合。

素为鱼米之乡的汴泗地区,在当时整个中华民族积贫积弱的大背景下,天灾人祸,兵连匪结,背井离乡、逃荒要饭早就成为这片土地上的草民们生活的常态。

全部的家当往独轮手推车上一装,从此走乡串户、风餐露宿地跑坡就成为日常生活的全部。更不用说还有军阀土匪的侮辱、恶霸劣绅的欺凌,弱小如草的生命每每朝不保夕。

就是在这样凄风苦雨的日子里,渐渐浸润出了拉魂腔的奇葩异香。

大唪子便是这奇葩异香中最为出色的一枝。

大唪子是个弃儿,一出生便被弃置于隆冬的荒野。

跑坡的陈四在皑皑的白雪中发现那破烂的襁褓时,被包裹在其中的婴儿已经是奄奄一息,命若悬丝。

陈四立刻解开棉袍,将婴儿放入怀中,用体温去暖。

渐渐地,婴儿的脸上泛起些许的气色。

渐渐地,婴儿发出了微弱的哭声。

陈四夫妻大喜过望,连忙就近找了一座破旧的土地庙。

陈四把孩子交给婆娘,自己出去捡回一些枯枝败叶,就在庙里生起火来。

陈四又从简陋的行李中找出瓦罐,将瓦罐里装满了雪,架在火上烧。

雪渐渐融化成水。

水渐渐变热,冒出袅袅的热气。

陈四将卖唱讨来的一点粮食,不分粗粮细粮,一股脑倒进瓦罐。

瓦罐在火的炙烤下,发出咕嘟咕嘟的声音,像是鸽子发出的欢快的叫声。

诱人的粮食的香味弥漫在破旧的土地庙里。

陈四婆娘怀里的婴儿,停止了蚊子一样微弱的哭声,小嘴一张一翕。

4

就像天湖边的荠菜花一样,这个小生命求生的意志也极为强烈,在极度恶劣的环境中,靠着百家饭熬成的糊糊,顽强地存活了下来。

生命有时也会出乎意料地坚韧。

可是接下来的日子怎么办呢?

陈四夫妻爱这个孩子,甚于爱他们自己。他们愿意倾尽全力,给予这个孩子满满的幸福和欢乐。可是他们实在是太穷了,除了那辆独轮车,和独轮车上简陋到不能再简陋的行囊,除了那把充满悲怆与忧伤的二胡,和一肚子口口相传的拉魂腔曲目,他们什么也没有。甚至那每天赖以活命的一点口粮,他们都不能保证。

接下来的日子,无论对于陈四夫妻,还是这个孩子,无疑都将更加艰难。

摆在陈四夫妻和这个孩子面前的只有一条路,那就是:必须吃苦,吃许许多多的苦,吃常人无法下咽的苦,才有可能获得继续活下去的权利。

别人家的孩子,两岁时可能还没有断奶,大嗓子两岁的时候就已经开始练功了。

别人家的孩子学说话,第一个完整的词儿,不是"爷"就是"娘";大嗓子学说话,第一个有意识说出的词儿,不是"唔"就是"啊"。

这是学唱戏练声的基本功,行话叫作"吊嗓子"。

不能瞎喊,有技巧:"唔"是闭口音,发音时气息由腹部发出,经过鼻腔共鸣,再从嗓子里发出来;"啊"是开口音,发音时气息也从腹部发出,但不经过鼻腔的共鸣,音是圆的。"唔"和"啊"都有高低音的变化。

陈四熟悉这些技巧,就像熟悉自己的眼睛和耳朵。可是他说不出来,只能一遍又一遍地示范,让幼小的大嗓子在"啊""唔"的反反复复中去琢磨,去体会。

晋代的祖逖是闻鸡起舞,大嗓子却比鸡起得还早。在旷野里练声,三伏天还好,凌晨的时候,再热也热不到哪里去;最难熬的是三九天,西北风像刀子一样,刮在脸上生疼,哈一口气都能结成冰。浑身冰凉,好像血液都被冻住了似的,脸上、手上,凡是裸露出来的部位,不是青就是紫,没有一点好颜色。

到了晚上,还要压腿,甚至睡觉的时候都要练功,把脚扳到脑袋后面,让脑袋枕着腿,上半夜脑袋枕着左腿睡,下半夜脑袋枕着右腿睡。

冬练三九,夏练三伏,一天一夜二十四小时几乎不带歇着。

这么小的孩子,就得受这么大的苦,陈四也是看在眼里,疼在心里,却一点办法也没有。

因为他深深地知道,在这无常的世界,对于贫穷的艺人来说,哪怕心存一丁点儿懈怠的念头,都有可能埋下了一颗炸弹,不知道哪天就会把自己炸得粉身碎骨。

陈四唯一能做的,只能是:不管是雪花飘飘,还是烈日炎炎,督促大嗓子练功,不能有一丝懈怠,也不敢有一丝懈怠。

大嗓子很配合,练功从不叫苦,哪怕疼得、累得眼泪在眼眶里打着转。

穷人的孩子早当家,大嗓子尤其懂事得早,就像家里养的小狗、小猫,不用去想,凭直觉、凭本能就能知道:谁疼她,谁打心眼里真的疼她。

5

梅花香自苦寒来,这是老话。

老话不一定都有道理,但这句话真的有道理,尤其是拿来放在大嗓子身上,就特别有道理。

大嗓子白天练声,晚上练腿,如此勤学苦练的结果,是大嗓子四五岁便能够出场表演。

不是简单的表演,是一开口就脆亮干净到惊艳,百转千回,余音绕梁;一迈步,一转身,一回眸,一蹙眉,一巧笑,手眼身法步,无不收放自如。

放时翩若惊鸿,收似行云流水。

大嗓子红了。汴泗流域,提到有这么一个小姑娘,竟是无人不知,无人不晓。

陈家班火了。陈四做梦也没有想到,拉魂腔这种讨饭的把式,竟然能被一个小姑娘演绎到如此出神入化的境界。

凡有井水处,皆能歌柳词,而在汴泗流域,无论士农工商,何等人家，但凡有个红白喜事，莫不首先想到延请陈家班，莫不以请到陈家班为幸。

陈家班渐渐有了一些家底，渐渐家底厚实起来。有了钱，心里就有了底气，可以招兵买马，扩大戏班子的规模了。

到大唪子十六岁的时候，戏班子连拉带唱已经有了十几个人，在拉魂腔的班子中，无论实力，还是人数，都是首屈一指的了。陈四夫妻俩年纪也大了，不方便再东奔西跑，风餐露宿，就在泗水县城的繁华处买了一处宅子，把临街的门面改造成茶馆，并在茶馆里搭个戏台，从此结束跑坡生涯，开始以固定演出为主。

虽然以固定演出为主了，但是大唪子名声在外，堂会却也少不了。一般的堂会推了也就推了，但有两种堂会，却是千万推辞不得。

一种是酬劳特别丰厚的，舍不得推。这一类堂会的主儿，多是巨商大贾，家财万贯，实力雄厚，凡事要面子、讲排场。俗话说，千里去做官，为的是吃和穿，做官都如此，更不用说唱戏的了。有钱不挣是傻子，陈四可不傻，陈四明白着呢。

另一种是不能推辞，也不敢推辞的。唱戏的是什么身份呀？下九流！三教九流，三教就是儒释道，是统治者治理天下的思想工具，也是社会各色人等的灵魂皈依；九流原指春秋战国时期流行的九种主要学术流派：儒家、道家、阴阳家、法家、名家、墨家、纵横家、农家、杂家，后来慢慢就演变成不同阶层人群的身份标签，具有了明显的等级性。民间有一首顺口溜概括得最为精辟：上九流，一流佛祖二流仙，三流皇帝四流官，五流员外六流客，七烧八当九庄园；中九流，一流举子二流医，三流风鉴四流批，五流丹青六流工，七僧八道九琴棋；下九流，一流修脚二剃头，三差四役五抹油，六流卖把七娼妇，八流戏子九吹手。瞧见没有，九流依贵贱分三等：上、中、下;每等依高低又分九品;最下等中之最下品才是戏子。

大喈子再红,也不过是个戏子。

陈家班再火,也不过是个戏班子。

泗水县城是什么地方?北通徐州,南连蚌埠,沿着运河顺流而下可以直抵上海、杭州,沟通南北,连接东西,自古以来就是一个水陆大码头,温柔富贵乡,人间繁华地。这样一个地方,王侯将相,才子佳人,贪官污吏,流氓恶霸,什么人没有?什么人又是陈四这样的戏班子能得罪起的?

得罪不起怎么办?

跑。

惹不起还躲不起吗?

可是已经有了家业,不再是跑坡的时候,一辆独轮车,推起就走,苦是苦,可是自由,天地之间任我行。有了家业,就不好跑了,也跑不动了。

那就只有忍。

忍可不是一件容易的事情。

忍就意味着要能够在心尖尖上立得住刀!

明知山有虎,不愿虎山行,却又不得不打起十二分精神,一副求之不得、心甘情愿、感恩戴德的样子,战战兢兢、如履薄冰,向着那虎山半步半步地挪。

胡连升就是泗水县的一只恶虎,一只吃人不吐骨头的笑面虎。

第四章

1

胡连升是于泗鲲的小舅子,泗水县警察局局长,兼泗水县保安团司令。

胡连升祖籍徽州。徽州以徽商闻名天下,有"无徽不成商"之说。胡连升的祖上就是徽商,行商到了泗水县城,发现这里虽是四战之地,却交通便利,物产丰富,蕴藏着很大的商机,所谓富贵险中求,便就此定居下来,以期有朝一日能够发家致富,飞黄腾达。

胡家传到胡连升这一辈,已经有六七代人了,因此也算是泗水县的老户人家了。

胡连升的父亲在泗水县城开有一家粮行、一家典当行,以勤俭为本,讲究诚信,以义取利,在周边的商业圈中颇有几分声誉。

1912年,泗水县光复,泗水县商界同仁推举胡连升的父亲为代表,慰问光复的革命军,给革命军司令于泗鲲留下了很好的印象。

紧接着,汴水县也顺利光复,整个汴泗地区成了于泗鲲的天下,革命政府顺水推舟,以于泗鲲光复有功,特授陆军中将军衔,并以陆军中将衔领汴泗地区镇守使一职。于泗鲲顺理成章,成为汴泗地区的最高统治者,重兵在握,大权在手,可谓风光一时。

但于泗鲲也有点小小的遗憾,自十二岁避祸离家,从最初的浪迹江湖到后来投身革命,一十二载,血雨腥风,无暇顾及儿女私情,所以直到此时，还是孑然一身。堂堂革命军司令，更兼体格魁梧，相貌俊朗，玉树临风，上门说媒的人一时踏破了门槛，于泗鲲却一概置之不理。

就在众人百思不得其解之时，于泗鲲却亲自登门胡府，向胡连升的父亲当面提出迎娶胡府二小姐胡莲芳的请求，众人这才恍然大悟：原来督军大人是看上了胡家的二小姐。于泗鲲何止是看上了胡家的二小姐，他还看上了胡家的大小姐胡连翠，也一并求亲。但不是效法娥皇女英共侍一夫，而是要报答当年舍命救自己的郑秀才。

原来革命军光复汴泗地区之后不久，郑秀才就被于泗鲲弄到了泗水县城，担任新式学堂的督学，却也和于泗鲲一样，还是孑然一身，不曾婚配。于泗鲲自那时起，便已暗自留心，要替郑秀才寻一户好人家，让他后半生过上幸福生活。

于泗鲲带兵打仗很有一套，他把带兵打仗的本事用在婚姻大事上，很快就侦察出泗水城内有多少户绅商，每户绅商的家庭状况，当然重点还是待字闺中的青年女眷，以及她们的人品、相貌、德行。

于泗鲲亲自登门胡府求亲，尽管此时于泗鲲占据了汴泗地区，但天下形势尚不十分明朗，南北议和的同时，大有随时开战的可能，革命军总体上势单力薄，前途未卜。胡连升的父亲虽然只是一个商人，但也不是看不到这一点。奈何有枪就是草头王，以后的事情是以后，当下，于泗鲲还是他万万得罪不得的。说不得，只能答应了这门亲事。而且，还要兴高采烈；而且，还要受宠若惊。

于泗鲲和胡莲芳、郑秀才和胡连翠成亲的时候，胡连升才刚刚十岁。

后来，天下大势虽然一刻也没有安定过，但在汴泗地区，于泗鲲却能够周旋于各派军阀之间,始终稳坐钓鱼台,保四战之地的汴泗地区一方平安。

胡连升的父亲渐渐放下心来,心中宽慰的同时甚至暗自泛起几缕得意来。祖先当年定居泗水县城、富贵险中求的意图,莫不是要应验在儿子胡连升的身上?有这样的女婿做靠山,胡家何愁不飞黄腾达!自己虽然老了,但临死之前看到这一天总不会有什么问题吧?

然而,世事无常,人算不如天算。

胡连升的父亲到底没有看到胡家飞黄腾达的一天。

他被胡连升给活活气死了。

2

所谓父子,不过是上辈子的账没有算清,这辈子又继续算账来了。

怎么个算法呢?

很简单。有恩的报恩,有仇的报仇。

胡连升和他父亲,估计前世就是一对仇家,有解不开的矛盾纠葛。要不然,该怎么解释,一个挺好的孩子,长到十七八岁,忽然就迷上了烟花柳巷?花柳之地自古就是销金窟,可是更有比花柳之地更销金的,那便是烟馆和赌场。

胡连升在花柳之地、温柔乡里销魂之时,很快就学会了抽大烟和赌钱,这种比女人更加销魂的方式,让他迅速沉溺其中,不能自拔。

一开始,妓院、烟馆和赌场的老板们还有所顾忌,毕竟大家都知道,胡连升是于泗鲲的小舅子,而且是唯一的一个小舅子。真的把胡连升拉下水,弄得倾家荡产,让于泗鲲知道了,一翻脸,人头不保也是再正常不过的事情,遑论其他。可是很快,这些老板发现,于泗鲲根本就没有时间,也没有精力去管他小舅子的事情。从辛亥革命爆发,于泗鲲坐上汴泗地区最高统治者的位置之后,中国这块古老的土地就没有消停过:二次革命、护国运动、护法运动、直皖战争,革命势力和反革命势力的此消彼长、大大小小的军阀的明争暗斗,更有居心叵测的国际列强唯恐天下不乱,或扇阴风,或点鬼火,以图鹬蚌之争,渔翁得利。置身于此乱局中,于泗鲲想要以一弱旅保一方安宁,终日殚精竭虑,战战兢兢,如履薄冰,大事尚恐思虑不周,以致身亡地失,哪里有半点多余的精力和心情去管小舅子的事情。于泗鲲的夫人胡莲芳,既要照顾三个孩子,又要照管于府内一应大小内务,自然也无暇顾及弟弟的事情。就这样,胡连升很快被一帮流氓无赖、社会上的滚刀肉拉下水,不能自拔,也不想自拔。

胡家做小买卖出身,家底本就不厚,哪里受住胡连升这一番三管齐下的猛折腾。表面上,家还是家,底却早就没有了;底虽然没有了,却还在往下落;落到地下十八层,或者更低,不知道。

要说胡连升也确实是个人物,把家败成这样,胡老太爷却一点也不知情,结结实实地、死死地被胡连升蒙在鼓里,直到讨债的人忍无可忍,一窝蜂地拥上门来。胡老太爷是个本分的生意人,哪里见过这种阵势?心里早就慌得一塌糊涂了,表面上却还故作镇静,哆嗦着手,一一接过欠条,已经有些昏花的老眼看那字迹,却是格外的清晰,可不就是这个逆子的笔迹吗?!更何况,笔迹上还按着鲜红的手印!

血一个劲地往上冲,脑子晕得厉害,几乎要站不住。可是不行,不能倒下!欠债还钱,天经地义!

胡老太爷竭力稳住心神,招呼大家坐下,就进到内室去,翻箱倒柜,找银圆,找地契,找房契。

锁一律都是好好的,打开箱柜,却哪里还有半点银圆、地契、房契的影子?

胡老太爷再也支撑不住,一声惨叫,扑通倒在地上,气绝身亡。

老夫人听见动静,急忙进来,见此情景,不由自主地扑在老太爷身上,连声呼唤。

"老头子!老头子!你这是怎么了!你这是怎么了!"

奈何再也唤不回老头子。

老夫人情急之下,一口气没上来,竟也撒手西去。

3

讨债,债没讨到,却讨出了两条人命。

两条人命,还不是一般的两条人命,是汴泗镇守使于泗鲲的岳父和岳母两个人的人命。

这个祸,闯大了。

放眼全国,于泗鲲就是个名不见经传的小军阀;可在汴泗地区,于泗鲲就是天。

讨债的人群短暂地愣了一会儿,立刻清醒过来,第一反应便是作鸟兽散,瞬间跑得一干二净,无影无踪。

郑秀才和胡莲翠夫妇闻讯,第一个赶到现场。

胡莲翠到底是妇道人家,经此大变,早已悲愤交加,六神无主。倒是郑秀才,几年督学做下来,经历过不少事情,见识过各种场面,说不得,只有一面安抚夫人,一面安排后事,一面派人去给远在防区一线备战的于泗鲲报信。

胡家出了这么大的事情,不出半天,汴泗地区就传遍了,有头有脸的人物纷纷前来吊唁,却偏偏不见孝子胡连升露面。谁也不知道,整个事件的始作俑者、罪魁祸首胡连升,此刻在哪里,在干什么。

于泗鲲得到消息,立刻带着随从,骑快马,星夜奔回泗水县城。到了县城,顾不得休息,立刻换上孝服,为胡老太爷夫妇守灵,代行孝子之礼。

至于整个丧事的一应支付,则由熟谙此道的于府总管家于万顺,带着于泗鲲的几个副官,全权办理。

虽然事情发生得十分突然,但于万顺是何等人物?从少年时便和于泗鲲一起浪迹江湖,经历过多少血雨腥风,见识过多少生生死死,这一点小事,岂有应付不来之理?所以整个丧事,除了孝子胡连升的缺位,其他都是有条有理,一星也不显得仓促,半点也不显得含糊。出殡那天的葬礼上,纸人纸马一应冥器俱全,送葬的队伍绵延十几里,更有卫队鸣枪致敬,可谓风风光光,倍极哀荣。天湖流域,汴泗地区,耳闻目睹胡老太爷夫妇葬礼之盛者,莫不感慨万端。胡老太爷夫妇死后有知,也该含笑九泉了。

4

办完葬丧事礼,处理完后事,接下来就该处理活人的事情了。

郑士先和胡连翠死活都找不到的胡连升,到了于泗鲲这里,不到半天时间,就被于泗鲲的卫兵前呼后拥着架到了督军府,一同被押来的还有几个泗水县城臭名昭著的流氓恶棍。这几天,就是他们陪着胡连升一起,躲在天湖深处的一条花船上,都这时候了,还不忘喝酒赌钱抽大烟,不亦乐乎得很。

于泗鲲冷着脸,眼皮都不抬一下,只哼了一声,卫队长立刻示意卫兵们,把几个流氓恶棍拖了出去。

片刻,外面传来几声清脆的枪响。

胡连升闻声,脸色大变,浑身不由自主地哆嗦起来,要不是两个卫兵架着,只怕已经瘫在了地上。

嘴上却还不认厌:"于……于泗鲲,小爷……小爷我败的是我胡家的家产,与你有什么关系?你……你要有种,就把小爷一块杀了!"

于泗鲲站起身来,慢慢地走到胡连升跟前,脸上是轻蔑和不屑一顾的笑意。

于泗鲲示意卫兵放开胡连升。

卫兵一松手,胡连升立刻瘫在了地上,却兀自挣扎着,嘴里不干不净地嘟哝着。

于泗鲲伸出手,立刻有卫兵把马鞭递到他手上。

于泗鲲收敛了笑意,抡起马鞭,劈头盖脸地向胡连升抽下去。

一开始,还有惨叫声;接着,就只有微弱的呻吟;再接着,就什么声音都没有了。

于泗鲲却还在拼命地抽打着,直到于万顺不顾一切地冲上前去,拼命夺下他手里的鞭子。

于泗鲲面目狰狞,喘着粗气,指着地上死狗一样的胡连升,吩咐卫兵:"把他给我吊到大门外面,示众三天三夜。"

这边吊着胡连升,那边开始处理胡家的债务。

于泗鲲把那些以为闯了祸吓跑的人请到府里,一一核实债务,除了嫖债、赌债、大烟债,确有借款关系的,一律由他代为偿还。胡老太爷一辈子最注重信誉,不能让老太爷的名声毁在胡连升这个败家子手里。

同时整顿市场,关闭烟馆、赌场和所有明的、暗的花柳之地,自禁令发布之日起,有胆敢犯禁者,严惩不贷;情节极为恶劣者,杀无赦。

虽然够霸道,够豪横,却也是正义之举。

乱世用重典。

汴泗地区,一时风清月明。

5

胡连升在镇守使府邸的大门口被吊足了三天三夜才被放下来,放下来的时候已经没有半点人样了。两个姐姐又是生气,又是心疼。好在老宅子还在,胡连升被送回家里,两个姐姐轮流服侍,很长时间才恢复过来。从此胡连升知道,于泗鲲是惹不起的,还是就此改邪归正的好。

胡连升身体恢复到差不多的时候,于泗鲲怕他"旧病复发",再加上胡家除了一栋老房子,也没有什么产业了,就把他收到了自己的队伍里,编进警卫营,放在自己眼皮子底下,谅他也翻不出什么浪来。同时嘱咐于万顺,有事没事多盯着他一点。

胡连升年轻,本来就机灵,经过这件事的教训,加上于万顺的调教,很快就上了路子,不几年的工夫,竟然坐到了警卫连连长的位置。

连长是个带兵的官,和古代的县令是亲民的官性质差不多,官不大,位置却很重要。更加上警卫连的连长,担负着拱卫督军府的重任,位置就更加重要。俗话说,连长连长,半个皇上;大炮一响,黄金万两。于万顺见这小子真的改邪归正,慢慢有出息了,有时也故意和他开开玩笑,试探试探他,胡连升却表现得无比乖巧,只是唯唯诺诺,不敢有半点的造次。

胡连升只是不敢,不是不想。

毕竟,江山易改,本性难移。

舒服的日子过久了,过去的伤结成了疤,不再痛了,心里就会重新长出草来。

只是事情经得多了,看得广了,慢慢就懂得了隐藏,知道了压抑。

心里有了城府,自然也就没有了少年轻狂。

胡连升喜欢花天酒地的生活,他的内心无时无刻不充满了对花天酒地生活的无限向往。但家破人亡的经历也使他明白了,有些东西,喜欢是没有用的,最重要的是看你有没有足够的实力。没有足够的实力,你不但得不到自己喜欢的东西,相反,还会失去更多,有时甚至包括自己的性命。

胡连升混蛋,但不糊涂,他害怕姐夫于泗鲲,他甚至有点恨于泗鲲,那劈头盖脸的一顿鞭子,和被吊起来的三天三夜,在他的心里留下了太大的阴影,他一辈子都忘不了,也无法释怀。可是他也在心里偷偷地感激于泗鲲,如果没有姐夫这一番手段,使他醍醐灌顶,如梦初醒,他丢掉的恐怕不止他胡家的产业,不止他父母的性命,他自己的小命说不准哪天都会莫名其妙地消失,生不见人,死不见尸。

现在的胡连升,作为连长的胡连升,心里已经有了十分清晰的人生目标:要做花天酒地生活的主人,而不是像过去那样浪荡、纨绔和败家;要恢复并光大胡家的产业,胡家的产业当初是怎么失去的,就让它怎么回来。

当然,胡连升也十分清醒地知道:现在,自己还不具备这样的实力,也不具备这样的时机。他需要蛰伏,需要忍耐,需要进一步发展和强大自身,需要等待一个天时地利人和的机会。

在这样一个有枪就是草头王的时代,胡连升深信:功夫不负有心人,机会,总有一天会来到他的身边。

6

机会还真的被胡连升等到了。

民国十五年(1926)的夏天,国民党领导的南方革命政府,在苏联的帮助和支持下,正式发动北伐战争。

北伐战争目的明确:以革命的武装,打倒和推翻窃取了辛亥革命成果的北洋军阀的反动统治,实现中华民族的独立、自由、民主和统一。

北伐战争目标清晰:拥兵20万,盘踞湖南、湖北、河南、河北的直系军阀吴佩孚;拥兵20万,盘踞江苏、安徽、浙江、江西、福建的原属直系后自成一派的军阀孙传芳;盘踞东北三省、热河、察哈尔、京津地区和山东的奉系军阀张作霖。

北伐军一路所向披靡。到1926年底,短短几个月时间,西路军消灭了直系军阀吴佩孚的主力部队,取得两湖战场的决定性胜利;中路军在江西南昌,消灭了军阀孙传芳所部主力,取得江西战场的决定性胜利;东路军进攻福建,孙传芳在福建的部队纷纷倒戈,福州不战而下,福建全省收复。

民国十六年(1927)春,三路北伐军继续挺进,西路沿着京汉路进攻河南;中路出击安徽、江苏;东路出福建向浙江进发。

自北伐战争开始以来,于泗鲲就一直密切关注着形势的发展。

作为一个小军阀,于泗鲲虽然不得不审时度势,时而依附奉系,时而依附直系,孙传芳脱离直系,自任江苏、安徽、浙江、江西、福建五省联军总司令以后，又不得不依附于孙传芳，但这都是表面，实质上还是拥兵自保，还是为了汴泗地区的安宁与稳定。这也是各省众多割据一方的势力普遍的、彼此心照不宣的做法。所以当中路北伐军出击安徽、江苏，兵锋直指汴泗地区的时候，于泗鲲除了命令手下部队严阵以待、没有命令不得擅自接战以外，内心却并不慌乱。根据他以往的经验，此刻，沉住气，稳坐钓鱼台，以不变应万变，才是最佳的选择。

果然不出于泗鲲所料，战斗还没有打响，说客便悄然扣响了他汴泗镇守使府邸的大门。

时任北伐军总司令的蒋中正，从上海派出特使，怀揣一张巨额支票，和优厚的收编条件，从陆路、水路，星夜兼程，北上拜访于泗鲲。

摆在于泗鲲面前的有两条路，一是和往常一样，归顺，被收编；一是拒绝收编，打，被打败。

谁也没有想到，于泗鲲两条路都没有选，他选择了第三条路：解甲归田，归隐天湖。

作为一个具有正义感和良知的老同盟会会员，自投身革命始，于泗鲲内心深处一直忘不了孙中山先生的教诲，希望民族独立，国家统一、富强。

作为一个老牌军阀和汴泗地区的实际统治者，为了手下几千名弟兄，和汴泗地区的稳定，于泗鲲却不得不屈从于现实，有时甚至不得不昧着良心，游走于各派军阀之间。

于泗鲲早就厌倦了这样的日子。

南方，广州革命政府成立之初，于泗鲲就通过各种渠道了解革命政府的情况。陈炯明的叛变，苏联对革命政府的帮助和支持，国民党和共产党的合作，孙中山的北上，这些情况，于泗鲲全都了如指掌。于泗鲲也曾动过效法冯玉祥的念头,公开亮明旗帜,拥护孙中山,拥护广州革命政府。但权衡再三,于泗鲲还是不得不放弃了这样的念头。自己势力太弱,亮明旗帜之日,便是兵败如山倒、仓皇如丧家犬之时。孙中山先生病逝于北京的消息传来,于泗鲲悲痛之余,心中以为这次革命又会如同以往的历次革命一样,就此灰飞烟灭,却没想到,革命不但没有灰飞烟灭,反而如火如荼,势不可当,横扫千军如卷席。这是以往于泗鲲所没有经历过的,令他激动、兴奋,更令他看到了希望。于泗鲲在心底暗自下了决心,这一次,他要把部队完全彻底地交给革命政府。

于泗鲲等待这一天已经很久了!

尽管北伐军总司令蒋中正一手大洋、一手大棒的做法让他有一点不爽,好像和过去军阀之间的交易并没有什么不同,而且,这种收买的做法也让他对蒋中正产生了些许的疑惑和不信任,但最终他还是说服了自己,不愿意因为这么一个人的这么一种做法而影响到自己的决策,也不愿意相信南方革命政府会因为这么一个人的这么一种做法而改变自己的革命性质。

就这样,于泗鲲在一种颇为复杂的心理下,收下了支票,交出了部队,谢绝了挽留,退出了江湖。

胡连升等待这一天也已经很久了!

不过他等待的不是北伐军,而是于泗鲲的归隐。

机会,果然是给有心人准备的。

7

于泗鲲交出部队的时候,有言在先:弟兄们愿意继续留在部队的,他赞成,他支持;弟兄们不愿意继续留在部队的,他收留,他安置。

胡连升既不愿意继续留在部队,也不愿意跟着于泗鲲。于泗鲲选择了第三条路:归隐。胡连升也选择了第三条路:出任泗水县城警察局长,兼保安团司令。

于泗鲲归隐后,胡连升如愿以偿成为泗水县城的土霸王,终于可以开始他蓄谋已久的光复胡家的事业的计划。

胡连升在心里发过誓:胡家的产业怎么失去的,就让它怎么回来。

因为胡连升的这个计划,泗水县城绝迹已久的赌馆、烟馆、妓院,像夏天雨后的蘑菇一般,迅速地、大量地冒了出来。

这个蘑菇可不是一般的蘑菇。

在汴泗地区,有一种野生的蘑菇,白色的柄,灰色的顶,像一把张开的雨伞。这种蘑菇,无论颜色还是外形,都相当朴素,不事张扬,非常符合食用菌的特征,但实际上含有剧毒,如果误食,连抢救的机会都很难有。当地人管这种蘑菇叫"小鬼打伞",可谓形象至极。

赌馆、烟馆、妓院就是"小鬼打伞"。

胡连升就是"小鬼打伞"得以滋生并蔓延的保护伞。

每一家赌馆、烟馆、妓院,都必须经过胡连升的同意或者授意才能开张,开张后都必须向胡连升缴纳保护费。

保护费胡连升要得不"多",利润的百分之七十,也就是民间通俗所说的三七开。可以隐瞒,可以少交,也可以不给,但有一个后果必须承担:如果被胡连升发现,轻则关门歇业,重则性命不保。

赌馆、烟馆、妓院,虽然是偏门,却也是生意。是生意就有一个基本的原则:求财不求气。

和气都不愿意伤,更别说惹火烧身了。

说实话,能够经营赌馆、烟馆、妓院的,没有几个善茬,对胡连升也都恨得牙痒痒,但也只能在心里恨恨而已,这年头,有枪就是草头王,人在屋檐下,不得不低头。好在这些行当,基本上也都是些无本的生意,只要昧着良心,不把人当人,钱总还是有得赚,无非就是多一点、少一点,总比原来于泗鲲当权的时候一律禁止要好得多。

这样一想,心里也就多少安慰一点。

靠着"黄赌毒",胡家的产业不仅迅速恢复,而且发扬光大了很多,以至于不到几年时间,身家就直追于泗鲲,"南有于泗鲲,北有胡连升",一时间竟成为一句民谚,在汴泗地区广泛流传开来。

饱暖思淫欲。

实现了第一个目标,接着可以实现第二个目标了:做花天酒地生活的主人。

8

陈家班落户泗水县城的时候,胡连升已经有了大大小小八个老婆。除了大老婆是明媒正娶之外,其他的七个老婆,有青楼女子,有洋学生,来路大都不正。

胡连升毕竟在花柳之地浸淫过一些时日,对付女人颇有一些手段;现在又有了权势,与往日相比自然更加的不同。古人说的"潘驴邓小闲",胡连升虽然行事猥琐,却天生一副相貌堂堂的皮囊;驴且不去说他,想来也不会差到哪去;钱财方面,虽然比不得邓通,且来路不正,但在汴泗地区也算得上响当当的人物;揣摩女人的心思,哄女人开心,那是过去的胡连升,现在,风水轮流转,该着女人哄他开心了;至于闲字,一个警察局长,保安团司令,想闲也闲不住,但没关系,事关风月,完全可以忙里偷闲。

大啭子就是胡连升忙里偷闲发现的尤物。

豆蔻梢头,二八佳人,更不用说戏台上的眼波流转,百媚千娇。

胡连升一见之下,魂都没了。

先是日日听戏,捧场。

接着就是堂会。

堂会当然不能在家里唱,平白无故何必去踢翻醋坛子呢?

更何况,行事也不方便。

好在,胡连升产业大,房子多,随手拈来一处,都够豪华,够气派。

其实地点也不重要,胡局长、胡司令的堂会,随便设在哪里,戏班子敢不来吗?

不敢不来。

虽然知道,胡连升是黄鼠狼给鸡拜年——没安好心,但一个警察局长、保安团司令,是一个戏班子能得罪起的吗?

月上柳梢头,人约黄昏后。

点的第一出戏就来者不善:《十八摸》。

陈四赔着笑脸:"胡老爷,这个……这个……"

胡连升:"别叫老爷,现在民国了,不兴这个叫法,叫局长,或者司令,都可以。"

陈四:"胡司令,这个……这个……"

胡连升:"老人家,我们都是一家人,有什么就直说,不要这个、那个的。"

陈四:"是,是,胡司令教训得是。这个……这个……能不能请司令换个曲子?"

胡连升:"怎么? 这个曲子不好? 是唱不得? 还是摸不得?"

陈四:"唱得,唱得。"

胡连升:"那就唱!"

陈四看看大唢子,看看胡连升;再看看大唢子,再看看胡连升。

胡连升:"哦,明白了。"

胡连升转头,招呼卫兵。

胡连升:"这个曲子是不太合适。他们在这不太合适。来,你们几个,把这一干人等,除了这位姑娘,都给我请出去。"

几个警察端着枪,过来驱赶陈四等人。

大唢子:"慢着! 不就是《十八摸》吗,既然局长大爷有令,小女子唱就是了。"

胡连升哈哈一笑:"好,果然比这老儿爽快。那就开始吧。"

从《十八摸》开始,一曲曲唱下去,直到月上中天。

胡连升终于发话了:"罢了,今儿个就到这里吧,时候也不早了,我也乏了,明个还有公务在身。这样,大唢子留下,其他各位都请回吧。"

陈四虽然早有预感,此刻乍听此言,仍不免有五雷轰顶之感。

陈四:"局长老爷,这,这可万万使不得呀!"

胡连升一笑:"有何使不得呀? 今晚一过,你老以后就是我的丈人了,在这泗水县城,任他是谁,也得高看你一眼,不强如你做个戏子? 大唢子从了我,以后就住在这里,就算是堂堂的局长夫人了,吃香喝辣,不比每日粉墨登场、强颜欢笑来得自在? 这事就这么说了,休得再多言!"

陈四还待争辩,一众警察过来,连拖带架,将陈四一行赶出院子。

陈四呼天不灵,呼地不应,满腔悲愤,真想一头撞死在墙上,却被同来的人抱住。

陈四挣扎着,又要往院子里冲,被警察反转枪托,打倒在地。外面乱成一团。

9

院子里只剩下大嗓子和胡连升两个人,大嗓子反倒不慌了。

胡连升得意地念白:"小娇娘,月上中天,时候已是不早,春宵一刻值千金,你我二人也该早入洞房,行那鱼水之欢了。"

胡连升一边说着,一边上前来拉扯大嗓子。

胡连升念白:"从今而后,你就是我的阿娇,这里就是你的黄金屋。"

大嗓子一闪,躲过胡连升,顺手从头上拔下簪子,抵住喉咙。

大嗓子:"局长大爷,你且慢。"

胡连升一愣,停下脚步。

大嗓子:"局长大爷,今儿个说好了是堂会,大爷想听什么曲子,奴家就唱什么曲子;大爷想听到什么时候,奴家就唱到什么时候。其他的事情,大爷可以去想,奴家却不敢答应。倘若一定要用强,奴家不敢得罪大爷,血溅三尺的勇气还是有的。请大爷三思。"

胡连升:"你果然不肯从我?"

大嗓子:"万死难从!"

胡连升怒极反笑:"好好好!你既是不肯从我,我也不能对你用强。我这就放你出去。"

大嗓子:"大爷说得可是真的?"

胡连升:"当然是真!我胡连升还能骗你不成?不过,我可以放了你,对你的父母,不对,确切地说,对你的养父母,我就不能那么客气了！你们那个茶馆就是个幌子，其实是共产党的一个地下交通站。我要把陈四这个老儿抓起来，投进大狱，办他一个共产党的罪名，让他先受尽酷刑，再游街示众，最后再赏给他一粒'花生米'，送他上西天。"

大嗓子："你你你，你说的不是真的！你太歹毒了！"

胡连升得意地大笑："哈哈哈，哈哈哈，无毒不丈夫！此刻从我还不迟，倘若敬酒不吃吃罚酒，惹恼你胡大爷，到时候你就是跪下来求我收了你，还要看你大爷的心情！"

大嗓子："你做梦！你休想！"

胡连升："我倒要看看你嘴硬到什么时候！"

胡连升说着，走到门口，一把拉开大门。

门外，一众人等看胡连升出来，都愣住了。

陈四顾不得满头满脸的鲜血，跪着爬到胡连升面前，磕头如捣蒜。

陈四："局长老爷，您大人有大量，求求你放过我的孩子吧，我给您做牛做马，做牛做马！"

胡连升："哎呀，这是哪一出呀？不过唱个堂会，怎么就搞成了这样？让别人看见，还不知道我这个做局长的怎么作威作福，欺压良善呢。你女儿在这里好好的，没人动她一根毫毛，你赶紧领走，休要在此哭哭啼啼。"

陈四一听，大喜："谢谢老爷大恩大德！谢谢老爷大恩大德！"

一面说着，一面爬起来，牵起大嗓子的手，就要走。

胡连升："哦，对了，且慢走。"

陈四站住，看着胡连升，有些发愣。

胡连升："有个共产党的案子，牵涉到你，需要你跟我们走一趟。"

胡连升陡得提高了声音："一帮废物！还不给我将人犯拿下！"

一帮警察这才如梦初醒，恶狼一般蜂拥着扑上去，将陈四摁倒在地，捆了个寒鸦凫水，拖起来，头也不回地走了。

留下戏班子一群人，目瞪口呆。

大唪子不自觉地攥紧了拳头，眼里要喷出火来，却无能为力，只能眼睁睁地看着他们把父亲拖走。

10

胡连升果然说话算话，接下来，并不骚扰大唪子，却接二连三，带走陈四的老伴，封了茶馆，将戏班子除了大唪子以外的其他人等全部控制起来，等候调查。

满泗水县城的人都知道胡连升的心思，却没有一个人敢公开同情大唪子。

大唪子走投无路，叫天不应，喊地不灵。

看起来除了顺从胡连升，别无第二条路可走。

可是大唪子是黄连水里泡大的，天生一副犟脾气，她偏偏就不服这个气。

大唪子决定孤注一掷，到天湖镇去找于泗鲲。

如果于泗鲲不能主持公道，和这个胡连升沆瀣一气，那她就找机会，手刃胡连升，然后投湖自尽。

天湖镇，于泗鲲的庄园。于泗鲲面无表情，双目低垂，听大唪子的讲述。

大唪子说完，于泗鲲抬起眼皮，双目直视大唪子。

于泗鲲的目光如夜幕中的寒星，深邃、威严、冰冷，令一向天不怕、地不怕的大唪子也不自禁地在心底打了一个寒战。

可是，很快，大嗓子就调整好了自己，目光无所畏惧地迎了上去。

一抹不易察觉的赞许的微笑浮现在于泗鲲的嘴角和眼角。

于泗鲲："你说的事情，我都听明白了。我只问你两个问题：第一，你养父母果真不是共产党？第二，你果真不愿嫁给胡连升？"

大嗓子："回于老爷，民女的养父母不但不是共产党，和共产党简直没有一点儿瓜葛，这都是胡大人霸占民女不得，这才诬良为盗；至于民女，情愿一死，也绝不愿顺从胡大人！"

于泗鲲："胡连升虽然说是我的小舅子，可是他现在是泗水县的警察局长、保安司令，大权在握，而我不过是一个归隐山林的村野匹夫，胡连升未必会给我这个面子；更何况这件事还牵扯到了共产党，忌讳得紧，麻烦得紧，若我出面，也救不了你的养父母，那时你又当如何？"

大嗓子凄然一笑："回于老爷，民女就是一个戏子，贱命一条，拜养父母所赐，救不出养父母，民女也无颜再苟活于世上。"

于泗鲲："那你就打算这样白白送死不成？"

大嗓子："不敢隐瞒于老爷，冤有头，债有主，民女赴死之前，总要寻机亲手杀了仇人，给养父母一个交代。"

于泗鲲："好！就冲你这份胆气，你的事我管定了！"

于泗鲲转头，对于万顺："万顺哥，招呼下去，备马，去泗水县城。"

几匹快马，疾如流星，往泗水县城方向飞奔而去。

泗水县城，警署，两个在大门口站岗的警察，见一行人来者不善，正待举枪，早被于泗鲲两个随从抵上去，手枪顶住喉咙。

于泗鲲手拿马鞭，大踏步进去。

胡连升听到外面动静,出来查看,迎面碰着于泗鲲。

胡连升一看于泗鲲旁边站着大哱子,情知不妙,转身要跑,早被于泗鲲一马鞭抽上去,打翻在地,帽子飞出老远。

胡连升连忙爬起,跪倒在于泗鲲面前,磕头如捣蒜。

胡连升:"姐夫,我错了!你饶我一条狗命。我再也不敢了!"

于泗鲲第二鞭正待狠狠抽下去,于万顺一把拉住。

于万顺:"老爷,且慢,容万顺说两句。"

于泗鲲虎着脸不作声。

于万顺顺势拉起胡连升。

于万顺:"连升,不是老哥我倚老卖老,说你两句,你现在贵为警察局长、保安司令,凡事也该三思而后行,不但要顾全你自己的脸面,也要顾全你姐夫的脸面才是。这感情之事,总要讲究个情投意合才有趣味,哪有你这样霸王硬上弓,什么下三烂的手段都用上,哪里还有半点警察局长、保安司令的样子?真正枉费了你姐夫不遗余力栽培你的一片苦心!"

胡连升:"是是是,老哥教训得是,姐夫饶过连升这一次,连升再也不敢了。"

于万顺:"还在这里啰唆什么?还不快去把人放了?"

胡连升:"是是是,连升这就去放人。"

胡连升转身就要跑出去,于泗鲲喊住了他。

于泗鲲:"你且慢!"

胡连升站住,看着姐夫,惴惴不安。

于泗鲲:"我也不和你打诳语,你若敢要什么花样,你也知道我的手段。"

胡连升:"姐夫面前,小弟绝不敢!"

于泗鲲:"这一家人,以后还要继续在县城唱戏,在你的地盘讨生活,你要保证他们绝对的安全,有任何差池,唯你是问。"

胡连升:"小弟明白!小弟保证!"

胡连升转身去放人。

大咔子扑通一声跪倒在于泗鲲面前,五体投地,泣不成声。

11

重新开张的陈家班经此一劫,愈加名声大噪,红极一时。

胡连升慑于于泗鲲的虎威,果然再也没敢来骚扰过。就连原来经常到茶馆里寻衅滋事的一帮地痞流氓,经此事件后,慑于于泗鲲的威名,也彻底销声匿迹。

大咔子和陈四夫妇感念于泗鲲的大恩大德,一直寻机报答而不得,这一次,得知于泗鲲的长子于成文大婚的消息,便关闭了城里的茶馆,带着戏班子,来到天湖镇,为婚礼助兴。

一阵锣鼓之后,大咔子闪亮登场。

唱的是《杨八姐闯幽州》之《书房》一段。

> 杨八姐在书房又喜又忧,
> 我好比入虎穴骨鲠在喉,
> 与丫头弄假成真把婚姻允就,
> 怎奈是啼笑皆非何时方休。
> 小丫头含情脉脉卖弄风情,
> 校场上眉来眼去、
> 眼去眉来将我来勾,
> 她原来呀与耶律将军把婚姻允就,
> 她喜新厌旧又把我来求,

小丫头实指望我能与她成佳偶，
怎奈我是一巾帼，
怎与她配鸾俦。
她为了私情事将我来引诱，
我是为查明真相除奸报国，
这才将计就计，
踏上你这一叶小舟。
汴梁城古幽州，
一轮月两地投，
兄与妹咫尺间难以聚首，
月儿圆人不圆如隔重楼。
恨肋下未生翅难以下手。
我怎能救六哥飞出重囚？
想到此不由我心急手抖。
不可呀不可，
我还要多冷静莫叫愁，
沉着应战见机行事，
智取幽州。
侧耳听鸣雁南飞横天过，
声声凄楚越过银河。
雁啊！
雁啊！
你把俺心愿捎回天波府，
杨八姐一定要救出六哥，
除奸报国！
想起来国恨家仇，

心燃怒火!

唱至动情处,果然是响遏行云,声震凌霄。

第五章

1

圩堡里,一栋中西合璧的二层小楼。

二楼,书房,于泗鲲临窗而立。

耳旁,不时传来大嗓子嘹亮、清越的拉魂腔,和人群阵阵的喝彩声。

于泗鲲却浑然无觉一般,只是眺望着窗外。

窗外,微风徐徐,春日和煦,天湖一望无际。

在春风与暖阳的抚慰下,湖面正荡漾出万点细碎的银波,粼粼之处,像无数的游鱼在欢快地呷水嬉戏。

不时有鸥鸟掠过水面,又迅疾地飞起,舒展的双翼开合之间,很快就融入湖天茫茫的深处,没有半点踪迹可寻。

"人生到处知何似,应似飞鸿踏雪泥。泥上偶然留指爪,鸿飞哪复计东西。"

于泗鲲的目光追随着鸥鸟,投向水天交接的远方,一时间有些目眩神迷。

今天是儿子于成文大喜的日子。

儿子都要成婚了,自己也近知天命之年。

按理说,这是多么圆满和幸福,无论于他,还是于他的亡妻,都是一个很好的交代了。

家族存续,后继有人,在这样的乱世已经非常难得。

这样的时候,他应该高兴、应该倍感欣慰才是。

他确实感到高兴,感到欣慰,可是心底的深处,却也萌生出几许失落、惆怅和不甘心。

几十年的时光,真的就这样匆匆地、无声无息地溜走了吗?

天湖,这片烟波浩渺的湖水,从于泗鲲十二岁家破人亡,不得已沿泗水南下、亡命江湖开始,就和他的生命紧紧关联在了一起。弹指一挥,三十六年过去,天湖依旧是那么年轻,那么美丽,那么迷人,那么神秘和变幻莫测,而自己,却仿佛只是转眼之间,就已经到了英雄暮年,豪情不再,满目沧桑。

造化弄人,竟至于如此吗?

于泗鲲终于忍不住还是伤感起来,眼前的一切也变得恍惚迷离。

而恍惚迷离之中,他却清晰地看见,一个少年正从水天交接的时光深处向他奔跑过来。

2

泗水,一条源于蒙山、沟通中原与江南的河流,太多的历史,在这条河流中,随着河水奔腾不息,不舍昼夜。

不记得是哪一年了,只知道那一年,也是春天,泗水边的桃花很艳,柳树很绿,小草很青。

在煦暖的阳光抚慰下,泗水像个淘气的孩子,被惯坏了似的,翻滚着,跳跃着,奔跑着,打闹着。

涛声就是他独有的欢乐的嬉笑。

这嬉笑太无邪,吸引了一个叫仲尼的人,忍不住带了他的弟子们来观看,来聆听。

仲尼出神地看着泗水,看着她从蒙山滚滚而来,又不知疲倦地向东奔腾而去。

仲尼忘情于水的世界,完全忘记了周边的环境,也完全忘记了随他而来的一众弟子。

众弟子见仲尼如此地专注,也不敢打扰,只是静静地围坐在他身边,等候着。

许久许久之后,仲尼终于发出喟然的一声长叹:"噫——"

等仲尼的"噫"结束,一向低调沉稳的颜回,这一次却有些沉不住气,率先发问了。

颜回:"老师,您带着我们来观水,弟子愚昧,观无所得;再看老师,却已出神入化。敢问老师,一定有一些话想对弟子们说吧?"

仲尼微笑着看一眼颜回,眼睛里是满满的宠溺。

仲尼:"子渊,最了解我的人还是你呀!我确实是悟出了一点道理,这就说给你们听听。"

众弟子起身,整理衣裳,然后重新盘腿坐下,等着仲尼说话。

仲尼:"你们看这泗水,她日日夜夜奔流不息,不辞辛苦哺育万物,这是她美好的德行啊;你们再看她的形状,并不拘泥于任何一种,随着地势的不同而随时变化,看似谦卑温顺,却是自然之中至高无上的状态——所谓大象无形者,柔弱却能穿山岩、凿石壁,清澈却能涤荡污垢而纤尘不染。这样看来,水难道不是传说中的善于教化的有德君子吗?你们觉得呢?"

颜回又站了起来。

颜回:"老师说的是水,其实是自己的理想吧?老师还是再讲得深入一点、具体一点吧。"

仲尼笑了。

仲尼："我想先听听你们的理想。"

子路激动地站了起来："我来！我的理想很简单，我愿意把好东西拿出来和好朋友一块分享，车马轻裘，等等，用坏了也无所谓。"

颜回："我想做一个安静的人，跟在老师后面，帮老师做一点力所能及的事情就很满足了。"

接着，大家都分别谈了自己的志向和理想。

最后，该仲尼了。

仲尼望望大家，望望泗水，最后把目光投向泗水流向的远方，他的眼神既深邃又清澈，既温柔又坚毅。

仲尼："我的想法很简单，我就盼着能有那么一天，所有的人，在晚年的时候能够安享幸福，朋友之间充满信任，而年轻的子弟们心里有诗和远方。"

仲尼说完，陷入了沉默，一众弟子也都陷入了沉默，只有泗水发出的涛声依旧。

3

又过去了很多年。

泗水的河边又迎来了花红柳绿，燕舞莺歌。

只是，年年岁岁花相似，岁岁年年人不同。

仲尼已逝。

这一次，泗水岸边来的是他的门徒，一位新圣人。

"胜日寻芳泗水滨，天边光景一时新。等闲识得东风面，万紫千红总是春。"

格调激昂、欢快，充满了积极进取的精神，满满的正能量。

是啊,应该激昂,应该欢快,应该正能量。

还有什么不满足的呢?

罢黜百家,独尊儒术。

儒教被定为了国教。

仲尼被皇帝们册封为至圣先师。

儒教之花,开遍泱泱中华;桃李遍地,皆是羽扇纶巾。

可是,仲尼的初心呢?

晚年安享幸福,朋友之间讲信用,年轻子弟心里有诗和远方,这是仲尼在泗水边对弟子们吐露的心声,是他的理想和初心,也是他毕生追求的目标。

后来的《礼记》将这段话概括为:"老有所终,壮有所用,幼有所长,鳏寡孤独废疾者,皆有所养。"

再后来,新圣们与时俱进,将这段话进一步规范为:"君为臣纲,父为子纲,夫为妻纲",和"仁、义、礼、智、信",并美其名曰:三纲五常。

新圣们认为:在社会生活中,人们只要恪守三纲,拥有五常,生活就会幸福,社会就会美好。

社会确实美好了,生活确实幸福了,但仅仅是对贵族统治者而言。而仲尼的初心,却被新圣们打造成了一把锋利的镰刀,作为向统治者献媚的利器,用以收割一茬又一茬韭菜般的草民。

"等闲识得东风面",这东风只能是帝王将相的东风。

"万紫千红总是春",这春天也永远是王公贵族的春天。

泗水河边,仲尼想要的春天,还没有到来,也不知道什么时候才能到来。

而世道,却从新圣们开始,一天天衰落下来,终于到了近代,到了积贫积弱不可收拾的地步。

4

清光绪二十年(1894),中日甲午战争爆发。

甲午战争的后果:中国完败,日本完胜。

这一年,出生在泗水河边的于泗鲲刚满六岁,望子成龙的父亲就把他送进一处颇有名望的家塾,开始跟着吴先生学习《三字经》《百家姓》《千字文》等启蒙知识。

父亲的理想很简单:读书,科举,做官,光宗耀祖,光大门楣。

作为孔子的同乡,你不走这条路,且不说对不对得起自己,对不对得起家庭,就说大成至圣先师,你对得起吗?

于泗鲲一开始也是奔着这个方向去努力的。

《马关条约》签订后,台湾岛极其附属岛屿澎湖列岛、辽东半岛被割让给日本,赔偿日本军费白银二亿两等丧权辱国的内容,令国内有识之士愤慨不已。

于泗鲲的老师吴先生也是这样一位有识之士。于是,上课的内容在讲解儒家的训蒙读物和经典之后,还要特别加上一课:听先生讲解黄遵宪的诗——《台湾行》。

> 城头逢逢雷大鼓,苍天苍天泪如雨,倭人竟割台湾去。当初版图入天府,天威远及日出处。我高我曾我祖父,刘杀蓬蒿来此土。糖霜茗雪千亿树,岁课金钱无万数。天胡弃我天何怒,取我脂膏供仇疗。眈眈无厌彼硕鼠,民则何辜罹此苦?亡秦者谁三户楚,何况闽粤百万户。成败利钝非所睹,人人效死誓死拒,万众一心谁敢侮,一声拔剑起击柱,今日之事无他语,有不从者手刃汝。堂堂蓝旗立黄虎。倾城拥观空巷舞,黄金

斗大印系组,直将总统呼巡抚,今日之政民为主,台南台北固吾圉,不许雷池越一步。海城五月风怒号,飞来金翅三百艘,追逐巨舰来如潮。前者上岸雄虎彪,后者夺关飞猿猱。村田之铳备前刀,当轵披靡血杵漂。神焦鬼烂城门烧,谁与战守谁能逃？一轮红日当空高,千家白旗随风飘。搢绅耆老相招邀,夹跪道旁俯折腰,红缨竹冠盘锦绦。青丝辫发垂云臀,跪捧银盘茶与糕,绿沉之瓜紫蒲桃,将军远来无乃劳？降民敬为将军导。将军日来呼汝曹,汝我黄种原同胞,延平郡王人中豪,实辟此土来分茅,今日还我天所教。国家仁圣如唐尧,抚汝育汝殊黎苗,安汝家室毋诶诶。将军徐行尘不嚣,万马入城风萧萧。呜呼将军非天骄,王师威德无不包,我辈生死将军操,敢不归依明圣朝。噫嚱吁！悲乎哉！汝全台,昨何忠勇今何怯,万事反覆随转睫。平时战守无豫备。曰忠曰义何所恃？

诵至最后,竟然涕泗横流,泣不成声。

这种声泪俱下、椎心泣血的诵读,给幼小的于泗鲲以巨大的心灵震撼。

"老有所终,壮有所用,幼有所长,鳏寡孤独废疾者,皆有所养",这样的梦固然已是遥不可及；而今日之华夏,偌大之中国,在恶虎群狼的环伺下,还能放得下一张平静的书桌吗？还能容得下琅琅的读书声吗？

然而肉食者鄙,奈何奈何！

然而地火,终究还有地火,在地下汹涌地运行。

未来会怎么样,于泗鲲不知道。但他还是隐约地感觉到：不会就这么下去,也许会发生些什么,一定会发生些什么。

5

该发生的终于还是发生了。

尽管发生的不是于泗鲲想要看到的。

时间是光绪二十六年(1900)秋天。

地点是泗水河边于泗鲲家所在的村庄。

六年的时光过去,于泗鲲从一个懵懂的幼童,成长为一个英俊的少年。

像往常一样,他早早地来到学堂,帮着先生打扫完卫生后,便坐在座位上读书。

甲午战争之后,先生的教学内容便有了一些改变,除了"四书五经",也讲授《海国图志》等介绍西方列强科学技术和历史地理的著作。

于泗鲲正在看的就是《海国图志》。

突然,门被撞开,管家的儿子、于泗鲲的小伙伴于万顺,一头闯了进来。

于泗鲲吓了一大跳,刚要开口斥责于万顺,于万顺却径直奔到他跟前,也不说话,拽起他就往门外走。

于泗鲲挣扎了一下,没有挣脱,于万顺抓得实在是太紧了。

于泗鲲只得跟着于万顺,踉踉跄跄往门外走。

于泗鲲:"你到底怎么回事?快说!"

于万顺还是不说话,只顾拖着他往外走。

于泗鲲火了,猛地挣脱出来,站住。

于泗鲲:"莫名其妙!究竟什么事情?再不说,我绝不跟你走!"

于万顺张口,哆嗦着说不出话来,眼泪却一下子涌了出来。

响声惊动了吴先生,吴先生和他的孙子吴默生也闻声走了过来。

吴先生到底是先生,很镇定。

吴先生:"不要哭,不要慌,慢慢说。天塌不下来。"

于万顺哇的一声大哭起来。

于万顺边哭边说:"先生,您不知道,天已经塌了。少爷刚走不久,官府的人就来了,全都拿着洋枪,说要缉拿拳匪。老爷刚要反抗,就被一枪打死。我爹见势不好,拼死护着我从后门逃出,让我来告诉少爷,带着少爷逃命。少爷,快走吧!再不走就走不了了!"

于泗鲲乍听惨讯,顿时如五雷轰顶,血往上涌,眼睛都红了,就要冲出去,回家和清兵拼命,被于万顺和吴默生死死抱住。

于泗鲲像一头困兽,喉咙间冒出骇人的低吼,兀自挣扎着。

吴先生:"泗鲲,听为师一句劝,君子报仇,十年不晚。你此刻去,只有送死,还要连累万顺送命。我只说这些,你若不听,尽管去。默生、万顺,放开他。"

于万顺和吴默生面面相觑,依旧紧紧抱住于泗鲲,不敢放开。

吴先生:"我说放开他,你们俩没听见吗?"

于万顺和吴默生只好放开于泗鲲。

于泗鲲没有跑,吴先生说得有道理,他不敢不听吴先生的话,心里却有一万个不甘。于泗鲲一下子瘫软在地上,泪如泉涌。

吴先生:"现在还不是伤心的时候,官兵马上就会发现有人漏网,说不定就会搜查到这里。可是你们俩现在也不能走,一出这个门,就会大祸临头,这是毋庸置疑的。得想个两全的办法。"

吴先生沉吟着。

吴先生点点头。

吴先生：“嗯,就这么办！默生,快去告诉你爹,赶紧把毛驴套上大粪车,拉到茅房,装毛粪。我马上过去。”

吴默生答应着,匆忙地去了。

吴先生：“你们俩跟我走！”

吴先生带着于泗鲲和于万顺到后院的时候,吴默生领着他爹拉着毛驴也急匆匆地赶到了。

吴先生走到院子里那架木制的粪车跟前,拉开前挡板。

吴先生：“来,你们俩快钻进去。”

原来这架粪车是两层的结构,上面一层装毛粪,底下一层放些必需的杂物备用。虽然是两层,从外面看上去却是一层的一个整体,知情的人不说破,外人是无论如何也看不出来的。

底层狭小是狭小了一些,勉强挤下两个小孩子却也没有问题。

于泗鲲和于万顺连忙爬进去。

吴先生关好挡板,示意吴默生的爹把毛驴套上。

吴先生：“你这就拉出去刮毛粪,啥也别管,啥也别说,一切我来应付。”

吴默生的爹答应着,赶着毛驴,拉着粪车,去茅房刮毛粪。

院子外面,有孩子们的嬉笑和脚步声传来,上课的时间马上就要到了。

6

学堂里,除了于泗鲲,学生们该来的都来了。

于泗鲲的座位空着,书却还摆在书桌上,是魏源的《海国图志》。

吴先生咳嗽两声,准备上课。

学生们都安静下来,只有哗啦哗啦翻动书页的声音。

忽然,一阵杂沓而急促的脚步声传来。

接着,虚掩着的院门被撞开,一队官兵拥了进来。

带兵的武官一挥手,兵勇们立刻一字散开,手里半端着洋枪,对着学堂里的吴先生和他的学生们。

学生们全都面如土色,噤若寒蝉。

吴先生连忙走出去,给武官作揖。

吴先生:"官爷,这、这是怎么说呀?"

武官:"老夫子,刚才的枪声听见了吗?"

吴先生:"听见了,没敢出去看。"

武官:"奉朝廷旨意,缉拿拳匪。"

吴先生:"拿住了吗?"

武官:"没拿住。杀了!"

吴先生:"杀……杀了?不要审讯吗?"

武官:"上峰有令:拒捕,则格杀勿论!"

吴先生:"可这里是学堂,并没有拳匪,官爷此来……?"

武官:"跑了一个,漏了一个。漏的是学堂的学生、拳匪的家属,叫于泗鲲;跑的是他们家管家的儿子,叫于万顺。有人看见,于万顺跑到你家学堂里来了。"

吴先生:"原来是他们两个,我说怎么一大早就慌慌张张的。"

武官:"那人犯既然在这里,就麻烦先生把他们交出来吧。"

吴先生:"哎呀,官爷,你恐怕来晚了一步,人已经跑了。"

武官:"跑了?什么时候?"

吴先生:"枪声响过没多久,我听到学堂里有动静,出来一看,两个小鬼正在嘀咕什么,一脸惊慌失措的样子,见我出来,拔腿就跑。我还在纳闷呢,这个于泗鲲平时在学堂里不是这个样子的呀。

原来发生了这么大的事情。难怪!"

武官:"你没撒谎?"

吴先生:"官爷,这么大的事,小老儿我敢拿全家人的性命开玩笑吗?官爷请看,这是于泗鲲的座位,书还放在上面,没来得及动呢。"

武官:"可看清楚往哪个方向跑去了?"

吴先生:"回官爷,小老儿年纪大了,腿脚不方便,老眼昏花,只看到他们跑出院门,并不知晓他们往哪个方向逃跑。"

武官懊恼地一跺脚。

武官:"便宜了这两个小杂种!收队!回城!"

武官向院外走,到门口,又回头。

武官:"日后我要发现你欺骗官府,窝藏人犯,有你好看的!"

吴先生:"官爷慢走!小老儿不敢!小老儿不敢!"

兵勇们收起枪,跟着武官往外走。

一阵浓烈的臭味飘过来。

"什么味儿?这么臭!"

"刮毛粪呢!快走!快走!"

7

夜晚,地窖中,于泗鲲睡不着。

白天发生的事情太突然,他到现在都不敢相信,也不肯相信。

家,说没有就没有了;慈祥的母亲,可爱的妹妹,说被杀就被杀了;被杀也就被杀了,头还被砍下来,拉到城里,挂在城门示众;示众也就示众了,自己还不敢去收尸,只能躲在地窖里,暗暗地伤心啜泣。

于泗鲲第一次感到,夜是如此寒冷而漫长,世道是如此黑暗和可恶。

他想呐喊!想狂啸!想报仇!想杀人!

可是他什么都不能做!什么都做不了!

只能蜷缩在这阴暗、狭小、潮湿的地方,像一只老鼠,咬牙切齿,却又无能为力。

出逃的方法,吴先生已经想好。

还是白天的这架大粪车,他和万顺仍旧钻进底层躲起来,上层装满大粪。

出逃的路线,吴先生已经安排好。

明天清早,吴默生的爹套好毛驴驾着车,沿着泗水一路向南,直到把他们送出济宁的地界。

出逃的目的地,吴先生也做了安排。

他早年结拜的一个兄弟,现在是青帮的大头领,活跃在泗水县的天湖镇一带。

天湖镇在江苏、山东、安徽三省的交界处,鸡鸣闻三省,是有名的三不管地界。

只要到了天湖,只要找到了吴先生的结拜兄弟,于泗鲲和于万顺就基本上安全了。

为此,吴先生亲自给结拜兄弟修书一封。

现在,这封信就揣在于泗鲲怀里最贴身的地方。

吴先生还特别告诫于泗鲲:"朝廷对付洋人没有办法,对付百姓却是办法多多,且心狠手辣;朝廷的枪,不敢向洋人开火,打死百姓却不费吹灰之力。因此,现在,不要满脑子想着报仇的事情,还不是时候;活命才是当下最要紧的事情。留得青山在,不怕没柴烧。"

吴先生还告诉于泗鲲:"出了济宁的地界以后,沿着泗水走,一直往南,就能走到天湖。白天不要走,找个地方藏起来睡觉,晚上走,昼伏夜行;白天睡觉也不能睡得太死,要睁一只眼闭一只眼,最好学会一辈子睡觉都睁一只眼闭一只眼;走小路,不要走大路;到了天湖后,也不要冒失,找准机会再把信交到我结拜兄弟的手里。"

对于吴先生为救他而不惜冒着身家性命的巨大风险所做的一切,于泗鲲非常感激。可是让他眼下不想报仇的事情,他却也无论如何做不到。

他就是想不通:天底下怎么会有这样的朝廷?!

义和拳不是帮着朝廷的吗？不是帮着朝廷扶清灭洋的吗？

他的父亲,不过是救了和洋人作战而不幸身负重伤的义和拳大头领的命,何以竟成了朝廷要杀要剐的所谓乱匪？

要杀父亲的,难道不该是洋人吗？

三纲五常,君父如天,可是,有如此这般的朝廷和君父吗？

满腔愤懑中,于泗鲲不知不觉睡着了。

他做了一个梦。

在梦中,他看见许多无头的尸体在血泊中蠕动;他看见悬壶济世的父亲的头被悬在了城门上;他看见幼小的妹妹满脸的血污,向他露出天真无邪的微笑;他看见母亲向他伸出无助的双手;他看见管家叔叔万顺爹目眦尽裂,眼睛里喷出熊熊的烈火来。

而这熊熊的烈火,一瞬间就弥漫了整个天地。

第六章

1

人老多情。

自己恐怕真的是老了。

这一阵子,那些过去的事情总是时不时从脑海中跳出来,那么清晰,仿佛就发生在昨天。

于泗鲲不自觉地摇了摇头,从窗户前离开,踱步到太师椅前坐下,顺势用手抹去眼角的两颗泪珠。

回忆太激烈,他的心绪一时还难以完全平静下来。

小坐一会儿,觉得心里没有那么难受了,于泗鲲站起来,想下去走走看看。儿子大婚,他总不能做甩手掌柜,尽管有于万顺在,他什么事情也插不上手。

快要走到门口,门忽然被推开,于万顺满脸笑容地走了进来。

于万顺:"说老爷在二楼呢,我还不相信,哪有儿子大喜的日子,老子跑到楼上躲清闲的呢?没想到您还真在这儿躲清闲。"

于泗鲲:"有你在,这些事情我哪里插得上手?想不躲清闲都难。"

于万顺:"倒也是。老爷是干大事的人,不像我,整天净跟这些琐碎事情较劲了。"

于万顺上前一步,凑到于泗鲲耳边,压低了声音。

于万顺:"老爷,有贵客。国民革命军新编第117师上校副官吴乃鸣前来贺喜,在楼下客厅候着。"

于泗鲲:"新编117师？我不熟悉。这个吴乃鸣是谁？我没听说过。谁的朋友？成文的？你接待一下不就完了吗？"

于万顺声音更低了,近乎耳语般说了几个字。

于泗鲲神情大变。

于泗鲲:"啊,原来是他！快快有请！快快有请！"

于万顺一笑,转身就要出去。

"慢着。"

于泗鲲喊住于万顺。

于泗鲲:"待我下去,亲自迎接！"

于泗鲲和于万顺一起下楼。

于泗鲲兀自埋怨于万顺。

于泗鲲:"不早说！净卖关子！差点失礼！"

到了一楼,就看见一位军官,跷着二郎腿,坐在太师椅上,低头喝茶。

于泗鲲站住。

于泗鲲:"默生？"

军官闻声抬起头来。

军官:"泗鲲哥！"

军官迅速地站起来,大踏步向于泗鲲走过来。

于泗鲲连忙上前几步,两个人激动地拥抱在一起。

两个人放开,手却还紧紧地握在一起。

于泗鲲:"一晃就是六年！兄弟,伤都好透了吧？"

军官:"好了,全好了,大哥！你看,结实着呢！"

军官放开一只手,用力捶了捶自己的胸脯,爽朗地笑着。

于泗鲲也欣慰地笑了。

于泗鲲:"走,此处不是说话之地,你我上楼说话。"

于泗鲲又转脸对于万顺。

于泗鲲:"万顺,你安排两个人在这里守着,没有我的命令,任何人不许上楼。"

于万顺:"明白,你们去吧。这里我守着,保证万无一失。"

2

来者正是吴默生。

光绪二十六年秋天一别,到民国十九年(1930)于泗鲲交出兵权、归隐天湖的第三个年头,整整三十年,于泗鲲再也没有见到过吴家任何人。

辛亥革命胜利后,于泗鲲担任汴泗镇守使时,曾经回过故乡一次,故乡却早已物是人非。

于泗鲲千方百计,试图打听到吴家的一星半点的消息,却始终一无所获。

大恩大德竟然无从报答,这让于泗鲲的心里久久不能释怀。

恩德无从报起,灭门之仇总该可以报吧?

却也不能。

就在于泗鲲和于万顺一起逃出老家不久,一个月黑风高夜,凡是参加那次灭门行动的人员,包括知府、县令、武官、兵勇、告密者,全都在一夜之间被割了喉,死于非命。

什么人干的,不知道。

为了什么,却很清楚。

官府大为震惊,试图封锁消息,但这样的消息哪里能够封锁住？

官府也试图破案,但这样的案子哪里能够破得了？

听到这样的消息,于泗鲲的心里多少还是有点失落的。

尽管参加同盟会,参加辛亥革命,让他懂得了不少家国民族、天下为公的道理,但心中有朝一日手刃仇人的渴望何曾真正放下过？

无从报恩,也不能报仇,这让于泗鲲的故乡之行黯然失色,从此,他再也没有回过故乡。

3

于泗鲲没有吴家人的消息,吴默生却知道于泗鲲。

民国十六年秋天,天湖镇北面,距天湖镇不到十里远的天井镇,来了一位身着长衫、风度儒雅的中年人。

此人的公开身份是国立天井小学的校长,秘密身份却是中国共产党汴泗特委天井特别支部的支部书记,受党委派,到天湖流域,以天井为中心,开展革命和武装暴动工作。

此人就是吴默生,化名王耀华。

王耀华来的天井,是一个有历史的地方。

天井得名的由来据说与汉高祖刘邦有关。

那时刘邦还不是皇帝,只是秦末众多农民起义军队伍中某一支的首领。

大家并肩作战,推翻了秦朝。

本来大家约定,谁先打入咸阳,大家就都尊他为王。

刘邦先攻进咸阳,按照约定,理当为王。

但这个时候,势力最大的项羽不干了。项羽认为,推翻秦朝,自己出力最多,应该由他说了算。

刘邦估计了一下自己的力量,觉得不是项羽的对手,就由着项羽做主。

项羽也不客气,把自己封为西楚霸王,占据了彭城一带最好的地方,却把刘邦封到地处偏远、交通极为不便的蜀地。

刘邦当然不乐意,就明修栈道,暗度陈仓,准备悄悄溜回来。

项羽知道了,觉得刘邦不听话,有野心,决定好好教训他一下,让他长点记性。

刘邦这时候也不想再逃避了,于是,两个人就打了起来。

这场战争,历史上叫作楚汉战争。

汴泗地区离刘邦和项羽的老家都不太远,就顺理成章地成了他们反复拉锯的地方。

战争开始的时候,刘邦总是被打败,有时还败得很惨,连老婆和老爹都被项羽俘虏了。

有一次,在汴泗地区,刘邦又吃了败仗,被项羽的军队追赶。

刘邦拼命地逃,逃着逃着,身边的人全都走散了,只剩下他一人一马,而后面的追兵却成千上万,马蹄踏过,扬起的灰尘遮天蔽日。

刘邦吓坏了。

可是这时候更吓人的事情发生了,胯下的马忽然不跑了;不但不跑,还四蹄直立。

刘邦猝不及防,一下子被甩下马来。

追兵马上就到眼前了。

再上马已经来不及了。

刘邦大脑中一片空白。

这下真的要完蛋了。

万念俱灰之中,刘邦挣扎着要站起来,一伸手,却摸到旁边一块冰凉的东西,定睛一看,是一块石制的井栏。

刘邦大喜,来不及多想,就势一个翻身,跳到了井里。

战马嘶鸣着,继续向前狂奔。

刘邦躲在井里,听着马蹄声、呐喊声呼啸着从他头上掠过,大气也不敢出。

追兵远去,周围很快安静下来。

刘邦环顾四周,这才惊讶地发现,井里居然没有水,是一口废弃多时、无法再用的枯井。

所幸没有受伤,刘邦便打算爬出去。

但井很深,刘邦攀爬了几次都没有成功。

天渐渐黑了下来,刘邦又冷又饿,没有劲再攀爬,只好坐在井里,默默地祈求上苍,看能不能有什么奇迹发生。

果然奇迹出现了。

刘邦的耳边突然传来熟悉的马打响鼻的声音。

刘邦以为是自己的幻听。

可是,很快,他的疑虑就被打消了,一个马头出现在井口,出现在刘邦的视线里。

老马识途,是刘邦的坐骑摆脱了追兵之后,又回来寻找主人了。

马仿佛知道主人的困境似的,脖子上的缰绳垂到井里,随着马的呼吸左右飘荡着。

刘邦喜出望外,连忙站起来,奋力一跃,抓住了马缰绳,借马缰之力,再奋力一跃,一把抓住井口,爬了出来。

井外的世界,天高地远,星汉灿烂。

后来刘邦夺取天下,做了皇帝,就将这口枯井封为天井。

故事代代相传,不知到了何时,此地以井为名,唤作天井镇。

4

天井虽比不得天湖的繁华和富庶,却也是鱼米之乡。

可是因为有了恶霸的存在,鱼米之乡就变成了鱼肉之乡。

这鱼肉自然只能是天井的草民。

这恶霸就是袁龙、袁虎、袁彪兄弟三人——天井草民谈之色变的"袁家三虎"。

大虎袁龙,泗水县第八区区长,是泗水县县长李东仪的心腹。

二虎袁虎,泗水县第八区团防局局长,手下团丁近20人,是泗水县警察局长、保安司令胡连升的得力干将。

三虎袁彪,混迹于黑白两道,放爪子,贩烟土,开妓院,设赌场,但凡能谋财的事情,没有他不感兴趣的;只要是害人的事情,没有他不想做的;既能谋财,又能害命的,是他最乐意不过的事情。

名为三虎,实际上不过是李东仪和胡连升豢养在天井镇的三条恶狗。

但对于天井的草民而言,三虎就是他们头顶的那片天,是晴天是阴天,是刮风是下雨,全由他们说了算。

但是王耀华来了,就不能由他们说了算。

天井百姓深受三虎之苦,却敢怒而不敢言。

王耀华来了,就是要告诉草民们一个道理:不但要敢怒,而且要敢言,更要怒出熊熊的烈火来,让他们害怕!

天井的天,也该变一变了。

5

王耀华做校长的国立天井小学,教学内容十分丰富。

学生们学习《诗经》。

《诗经》里有劳动者反抗统治阶级残酷剥削的《硕鼠》:

> 硕鼠硕鼠,无食我黍!三岁贯女,莫我肯顾。逝将去女,适彼乐土。乐土乐土,爰得我所!
>
> 硕鼠硕鼠,无食我麦!三岁贯女,莫我肯德。逝将去女,适彼乐国。乐国乐国,爰得我直。
>
> 硕鼠硕鼠,无食我苗!三岁贯女,莫我肯劳。逝将去女,适彼乐郊。乐郊乐郊,谁之永号!

王耀华给学生们讲解。

"大老鼠啊大老鼠,别再吃我种的黍了!这么多年辛辛苦苦地养活你,你却对我不管不顾。现在我发誓要从此离开你,到那个能够使我幸福生活的地方去。能够使我获得幸福生活的地方,才是我应该拥有的好去处!

"大老鼠啊大老鼠,别再吃我种的麦子了!这么多年辛辛苦苦地养活你,你却一点都不知道感恩。现在我发誓要从此离开你,到那个能够使我幸福生活的地方去。能够使我获得幸福生活的地方,我劳动的价值才能够真正得到体现!

"大老鼠啊大老鼠,别再吃我种的秧苗了!这么多年辛辛苦苦地养活你,你却连一句暖心的话都不说。现在我发誓要从此离开你,到那个能够使我幸福生活的地方去。能够使我获得幸福生活的地方,从此再也不会有悲伤和哀号!"

有描摹爱情美好的《采葛》:

> 彼采葛兮,一日不见,如三月兮。
> 彼采萧兮,一日不见,如三秋兮。
> 彼采艾兮,一日不见,如三岁兮。

王耀华声情并茂地给学生们诵读。

"去采葛的那个人啊,我一天都没有见到她!不过是一天没有见到她,却感觉像经历了三个月!

"去采蒿的那个人啊,我一天都没有见到她!不过是一天没有见到她,却感觉像经历了三个季节!

"去采艾的那个人啊,我一天都没有见到她!不过是一天没有见到她,却感觉像经历了**整整三年**!"

学生们也学习新文化。

有鲁迅的《狂人日记》:

> 自己想吃人,又怕被别人吃了,都用着疑心极深的眼光,面面相觑。
>
> ……
>
> 易牙蒸了他儿子,给桀纣吃,还是一直从前的事。谁晓得从盘古开天辟地以后,一直吃到易牙的儿子;从易牙的儿子,一直吃到徐锡林;从徐锡林,又一直吃到狼子村捉住的人。去年城里杀了犯人,还有个生痨病的人,用馒头蘸血舐。
>
> ……
>
> 四千年来时时吃人的地方,今天才明白,我也在其中混了

多年。

……

有了四千年吃人履历的我,当初虽然不知道,现在明白,难见真的人!

没有吃过人的孩子,或者还有?

救救孩子……

王耀华不说话,学生们也一片沉默。沉默之中,有思索,有怒火。

有新体诗《我的失恋》:

我的所爱在山腰;
想去寻她山太高,
低头无法泪沾袍。
爱人赠我百蝶巾;
回她什么:猫头鹰。
从此翻脸不理我,
不知何故兮使我心惊。

我的所爱在闹市;
想去寻她人拥挤,
仰头无法泪沾耳。
爱人赠我双燕图;
回她什么:冰糖壶卢。
从此翻脸不理我,
不知何故兮使我糊涂。

我的所爱在河滨；
想去寻她河水深，
歪头无法泪沾襟。
爱人赠我金表索；
回她什么：发汗药。
从此翻脸不理我，
不知何故兮使我神经衰弱。

我的所爱在豪家；
想去寻她兮没有汽车，
摇头无法泪如麻。
爱人赠我玫瑰花；
回她什么：赤练蛇。
从此翻脸不理我，
不知何故兮——由她去罢。

学生们哄堂大笑，王耀华也不禁莞尔。

学生们还学习历史。

知道了历史上除了人吃人，也有大禹这样天下为公、三过家门而不入的人。

学生们还学习地理。

知道了世界上有七大洲、四大洋；有黄种人、白种人、黑种人、棕种人；知道了中国在世界的东方；知道了有的地方一年有四季，有的地方四季如春，有的地方常冬无夏，还有的地方虽然没有十个太阳，却终年炎热。

学生们还初步学习了物理、化学和天文学知识。

　　所有这些知识的学习,像是一个万花筒,给孩子们打开了一扇通向奇妙世界的大门。

　　当然还不能少了体育和音乐。

　　长跑短跑接力跑,足球篮球乒乓球,鞍马跳远高低杠,铅球标枪掷沙包,应有尽有。王耀华甚至还专门给男同学安排了擒拿格斗军体操的课。

　　看吧,课间、体育课、放学后,不大的操场就成了孩子们欢乐的海洋。

　　音乐课也是孩子们的最爱。

　　王老师有一架手风琴,在孩子们眼里,王老师把手风琴背在胸前的时候,就是王老师最帅的时候。这时候,他们会情不自禁地盯紧老师,盯紧老师的双手。王老师身体向后微微地一仰,双手自然地向左右一分,优美的旋律立刻会像水一样倾泻出来,流动在空气中。

　　孩子们立刻和着旋律吟唱。

　　唱吧,孩子们永远是这世界上最可爱的歌者。

　　听吧,童真永远是这世界上最好听的声音。

　　　　长亭外

　　　　古道边

　　　　芳草碧连天

　　　　晚风拂柳笛声残

　　　　夕阳山外山

　　　　天之涯

　　　　地之角

知交半零落

一壶浊酒尽余欢

今宵别梦寒

长亭外

古道边

芳草碧连天

问君此去几时还

来时莫徘徊

天之涯

地之角

知交半零落

人生难得是欢聚

唯有别离多。

6

  别开生面的教学,不仅孩子们喜欢,连附近的大人们也时常被吸引来。

  这些社会最底层的草民,从田间劳作回来,还来不及洗去腿上的泥巴,就被欢乐的嬉戏声或者琅琅的读书声所吸引,悄悄地走进学校,悄悄地躲在教室外面,带着满脸的羡慕与满足,看着,听着。

  王耀华并不驱赶他们,相反,他热情地邀请他们进到教室里去,坐在孩子们身边,和孩子们一起上课。

  有时,王耀华还会特意准备一些茶水、一些糖果、一些落花生,供他们享用。

慢慢地,这些草民和王耀华熟悉起来,再见到王老师、王校长的时候,他们的态度自然起来,不再那么忸怩不安,虽然他们口中还是称呼王耀华为"王先生"。

他们开始像挂念老朋友、挂念自己的亲人一样,挂念王先生。

刚从河里捕上来的鱼,他们会第一个想到王先生,给王先生送两条过去。

刚在山里打到的野鸡,自己舍不得吃,也舍不得卖,却舍得给王先生送过去。

有些人家,没有鱼,也没有野鸡,就是一担烧火的柴,也要给王先生送过去。

"王先生不巴结有权有势的人,真心对我们穷人好!"

"王先生虽然穿长衫,其实和我们是一伙的。"

"王先生从来不轻看我们。王先生是个好人。"

"王先生和以前的先生都不一样呢!"

天井的草民们常常在背后这样议论他们的王先生。

第七章

1

草民们没有说错,王先生确实和以前的先生不一样。

在熟悉了学校和天井镇以及周边的环境之后,王先生开始着手组织读书会。

读书会的成员主要有两个来源:天井小学的青年教师和天井小学年龄偏大的学生。

加入读书会的条件也主要有两个:一是思想进步,二是品行良好。

为了掩人耳目,读书会取名"三民主义研究会"。

三民主义研究会研究三民主义,要有相对固定的时间和地点。

经大家商量,地点就定在王先生的校长办公室。时间初步定为每个星期六的晚上。

三民主义研究会第一次开会,研究的就是李大钊的文章——《庶民的胜利》和《我的马克思主义观》。

夜色漆黑,伸手不见五指。

办公室内,一灯如豆。

为了不引人注意,灯花故意调得很小。一扇窗户,除了窗帘,另外又挂了一层厚厚的床单,防止灯光露出去。

七八个人围坐在一起,听王先生读书。

我们这几天庆祝战胜,实在热闹得很。可是战胜的,究竟是哪一个？我们庆祝,究竟是为哪个庆祝？我老老实实讲一句话,这回战胜的,不是联合国的武力,是世界人类的新精神；不是哪一国的军阀或资本家的政府,是全世界的庶民。我们庆祝,不是为哪一国或哪一国的一部分人庆祝,是为全世界的庶民庆祝；不是为打败德国人庆祝,是为打败世界的军国主义庆祝。

这回大战,有两个结果：一个是政治的；另一个是社会的。

政治的结果是："大……主义"失败,民主主义战胜。我们记得这回战争的起因,全在"大……主义"的冲突。当时我们所听见的,有什么"大日耳曼主义"咧、"大斯拉夫主义"咧、"大塞尔维亚主义"咧、"大……主义"咧。我们东方,也有"大亚细亚主义""大日本主义"等等名词出现。我们中国也有"大北方主义""大西南主义"等等名词出现。"大北方主义""大西南主义"的范围以内,又都有"大……主义"等等名词出现。这样推演下去,人之欲大,谁不如我,于是两大的中间有了冲突,所以境内境外战争迭起,连年不休。

"大……主义"就是专制主义的隐语,就是仗着自己的强力蹂躏他人、欺压他人的主义,有了这种主义,人类社会就不安宁了。

大家为抵抗这种强暴势力的横行,乃靠着互助的精神,提倡一种平等自由的道理。这等道理,表现在政治上,叫作民主主义,恰恰与"大……主义"相反。欧洲的战争是"大……主义"与民主主义的战争,我们国内的战争也是"大……主义"与民主主义的战争,结果都是民主主义战胜,"大……主义"失败。民主主义战胜,就是庶民的胜利。社会的结果,是资本主义失败,劳工主义战胜。原来这回战争的真因,乃在资本主义的发展。国家的界限以内,不能涵容它的生产力。所以资本家的政府想靠着大战,把国家界限打破,拿自己的国家做中心,建一世界的大帝国,成一个经济组织,为自己国内资本家一阶级谋利益。俄、德等国的劳工社会,首先看破他们的野心。不惜在大战的时候,起了社会革命,防遏这资本家政府的战争。联合国的劳工社会也都要求和平,渐有和他们的异国的同胞取同一行动的趋势。这亘古未有的大战,就是这样告终,这新纪元的世界改造,就是这样开始。资本主义就是这样失败,劳工主义就是这样战胜。世间资本家占最少数,从事劳工的人占最多数。因为资本家的资产不是靠着家族制度的继袭,就是靠着资本主义经济组织的垄断,才能据有。这劳工的能力是人人都有的,劳工的事情,是人人都可以做的,所以劳工主义的战胜,就是庶民的胜利。

民主主义、劳工主义既然占了胜利,今后世界的人人都成了庶民,也就都成了工人。我们对于这等世界的新潮流,应该有几个觉悟:第一,须知一个新命的诞生,必经一番苦痛,必冒许多危险。有了母亲诞孕的劳苦痛楚,才能有儿子的生命。这新纪元的创造,也是一样的艰难。这等艰难,是进化途中所必须经过的,不要恐怕,不要逃避的。第二,须知这种潮流,是只能迎,不可拒的。我们应该准备怎么能适应这个潮流,不可抵抗这个潮流。人类的历史,是共同心理表现的记录。一个人心的变动,是全世界人心变动的征兆;一个事件的发生,是世界风云发生的先兆。1789年的法国革命,是19世纪中各国革命的先声;1917年的俄国革命,是20世纪中世界革命的先声。第三,须知此次和平会议中,断不许持"大……主义"的阴谋政治家在那里发言,断不许有"大……主义"臭味或伏"大……主义"根蒂的条件成立,即或有之,那种人的提议和那种条件,断归无效。这场会议,恐怕必须有主张公道破除国界的人士占列席的多数,才开得成。第四,须知今后的世界,变成劳工的世界。我们应该用此潮流为使一切人人变成工人的机会,不该用此潮流为使一切人人变成强盗的机会。凡是不做工吃干饭的人,都是强盗。强盗和强盗夺不正的资产,也是一种的强盗,没有什么差异。我们中国人贪堕成性,不是强盗,便是乞丐。总是希图自己不做工,抢人家的饭吃,讨人家的饭吃。到了世界成一大工厂,有工大家做,有饭大家吃的时候,如何能有我们这样贪堕的民族立足之地呢?照此说来,我们要想在世界上当一个庶民,应该在世界上当一个工人,诸位呀,快去做工呵!

王耀华:"守常先生这篇《庶民的胜利》,是1918年末在北平的演讲。十年过去,觉悟者已经开始拿起刀枪,用鲜血和生命,开始新纪元的创造,可是,还有太多的人,在无边的暗夜里徘徊。'应该用此潮流为使一切人人变成工人的机会,不该用此潮流为使一切人人变成强盗的机会',就必须唤醒这些还在暗夜里徘徊的人。可是,谁来唤醒?怎么唤醒?这正是今天我们在座的各位应该好好思考的问题。"

王耀华热烈的目光——掠过青年们尚显稚嫩的脸庞。此刻,他并不需要他们的回答,他只希望这些话、这些思想,能够像甘泉,深深流进他们的心田,滋润他们的精神;能够像种子,在他们的心里生根、发芽,直到有一天,长成参天大树。

2

王耀华的希望没有落空。

到民国十七年(1928)秋天的时候,中国共产党汴泗特委天井特别支部的党员已经发展到近百人。在以天井小学为中心的天井周边地区,各个党小组像雨后春笋一样建立起来。

党的组织建立起来之后,首先就要对党员进行基础的共产主义思想的普及。

王耀华利用课余时间,不辞辛苦,深入各个党小组,宣讲《共产党宣言》。

王耀华这样告诉支部的所有党员同志:

至今一切社会的历史都是阶级斗争的历史。

压迫者和被压迫者,始终处于相互对立的地位,进行不断的、有时隐蔽有时公开的斗争。

我们的时代,资产阶级时代……整个社会日益分裂为两大敌对的阵营,分裂为两大相互直接对立的阶级:资产阶级和无产阶级。

资产阶级在历史上曾经起过非常革命的作用。资产阶级在它已经取得了统治的地方,摧毁了一切封建的、宗法的和田园般的关系;无情地斩断了形形色色的封建羁绊,使人和人之间除了赤裸裸的利害关系,除了冷酷无情的"现金交易",就再也没有任何别的联系。

资产阶级在它不到一百年的阶级统治中所创造的生产力,比过去一切世代创造的全部生产力还要多,还要大。

现在，我们眼前又进行着类似的运动。

资产阶级用来推翻封建制度的武器，现在却对准资产阶级自己了。

资产阶级不仅锻造了置自身于死地的武器，还产生了将要运用这种武器的人——现代的工人，即无产者。

无产阶级经历了各个不同的发展阶段，它反对资产阶级的斗争是和它的存在同时开始的。

在当前同资产阶级对立的一切阶级中，只有无产阶级是真正革命的阶级。

过去的一切阶级在争得统治之后，总是使整个社会服从于它们发财致富的条件……无产者没有什么自己的东西必须加以保护，他们必须摧毁至今保护和保障私有财产的一切。

过去的一切运动，都是少数人的或者为少数人谋利益的运动，只有无产阶级的运动是绝大多数人的、为绝大多数人谋利益的独立的运动。

资产阶级首先生产的是它自身的掘墓人，资产阶级的灭亡和无产阶级的胜利是同样不可避免的。

在无产阶级和资产阶级的斗争所经历的各个发展阶段上，共产党人始终代表整个运动的利益。

共产党人可以把自己的理论用一句话来概括那就是：消灭私有制。

共产党人不屑于隐瞒自己的观点和意图。他们公开宣布：他们的目的只有用暴力推翻全部现存的社会制度才能到达。

无产者在这个革命中失去的只是锁链。他们获得的将是整个世界。

全世界无产者,联合起来!

3

完成了对《共产党宣言》的学习之后,王耀华还会结合中国的实际,带领党员同志们学习中国共产党的纲领性文件,和所能够获得的党的最新指示,而毛润之委员的《中国社会各阶级的分析》,更是他们反复学习的重要内容。

谁是我们的敌人?谁是我们的朋友?这个问题是革命的首要问题。

在经济落后的半殖民地的中国,地主阶级和买办阶级完全是国际资产阶级的附庸……代表中国最落后的和最反动的生产关系……

特别是大地主阶级和大买办阶级,他们始终站在帝国主义一边,是极端的反革命派,他们和中国革命的目的完全不相容。

地主阶级和买办阶级在政治上的代表是国家主义派和国民党右派。

一切勾结帝国主义的军阀、官僚、买办阶级、大地主阶级以及附属于他们的一部分反动知识界,是我们的敌人。

中产阶级在中国,主要是指民族资产阶级。

民族资产阶级对于中国革命具有矛盾的态度:他们在受到外国资本主义打击、在受到军阀压迫而感觉痛苦的时候,是需要革命的,是赞成反帝国主义、反军阀的革命运动的;当革命在国内有本国无产阶级的勇猛参加,在国外有国际无产阶级的积极援助,对于他们想要达到大资产阶级地位的阶级的发展感到威胁时,他们对于革命又会持怀疑的态度。

民族资产阶级在政治上主张实现民族资产阶级一个阶级统治的国家。

民族资产阶级动摇不定的性质,决定了它的右翼可能是我们的敌人,而后来的事态发展也充分证明了这一点。

民族资产阶级的左翼可能是我们的朋友,但我们也要时常提防他们,不要让他们扰乱了我们的阵线。

小资产阶级,包括自耕农、手工业主和小知识分子阶层。

小资产阶级无论是在人数上,还是在阶级性上,都值得大大注意。

小资产阶级的右翼,因为经济地位和中产阶级颇为接近,最大的梦想是爬上中产阶级的地位,对于革命是持怀疑的态度的。

小资产阶级的中间,痛恨帝国主义、反动军阀和土豪劣绅,但又害怕他们势力的强大,因此往往采取中立的态度,不肯贸然参加革命,却也绝对不会反对革命。

小资产阶级的左翼,因为帝国主义、反动军阀和土豪劣绅的压迫,在经济生活中日益入不敷出,倍感痛苦,因此对于革命的态度是向往的,积极的。

小资产阶级的右翼在小资产阶级中只占少数;小资产阶级的中间人数很多,大概占到小资产阶级的一半;小资产阶级的左翼在小资产阶级中人数不少,在革命运动中的作用最为要紧。

小资产阶级的三个部分,对于革命的态度,平时各不相同,但在革命潮流高涨的时候,不但左翼参加革命,中间也会参加革命,即使是右翼,在无产阶级和小资产阶级左翼的裹挟下,也不得不附和革命。

总体上,小资产阶级是我们最为接近的朋友。

半无产阶级,包括绝大部分的半自耕农和贫农、小手工业者、店员、小贩。

绝大部分的半自耕农和贫农是农村中一个数量极大的群众,所谓农民问题,主要就是他们的问题。

就革命性而言,半自耕农的革命性不及贫农。

贫农和小手工业者、店员、小贩,都是经济地位极为低下的群体,极为需要一个变更现状的革命,极易接受革命的宣传,是我们最为接近的朋友,是中国无产阶级最广大和最忠实的同盟军。

无产阶级,在中国约有200万人,主要是铁路、矿山、海运、纺织、造船等五种产业中的产业工人。

中国的无产阶级人数不多,但却是中国新的生产力的代表者,是近代中国最进步的阶级,是我们革命的领导力量。

另外还有数量不少的、由失去土地的农民和失去工作机会的手工业工人组成的游民无产者。

游民无产者在各地建有互助性质的秘密团体,如三合会、哥老会、大刀会、在理会、青帮等。

游民无产者很能勇敢奋斗,但是具有破坏性,可以适当加以引导,争取将其变成一种革命的力量。

4

为了进一步鼓舞同志们的斗志,树立坚定的革命信心,王耀华也会给大家讲1927年以来的革命形势,包括他所了解到的最新的革命形势。

1927年,蒋介石叛变革命,在上海发动四一二反革命政变,无数共产党员和革命群众惨遭屠杀。

一时间,上海,乃至全国,血雨腥风,血流成河。

但是,真正的革命者是赶不尽、杀不绝、吓不倒的。

很快的,革命者就组织起来,拿起刀枪,以革命的暴力对抗反革命的暴力。

1927年7月,中共中央计划在南昌举行武装暴动,以反抗国民党反动派对共产党人的屠杀,唤醒广大人民,挽救中国革命,并同时表明了中国共产党要把革命进行到底的坚定立场。

1927年8月1日,南昌起义爆发。

南昌起义,是武装反抗国民党反动派的第一枪,是中国共产党独立领导武装斗争和创建革命军队的开始。

1927年8月7日,中共中央在汉口召开紧急会议。通过了《中国共产党中央执行委员会告全党党员书》《最近农民斗争的议决案》《最近职工运动议决案》及《党的组织议决案》等决议。

1927年9月9日,秋收起义爆发。

"军叫工农革命,旗号镰刀斧头。匡庐一带不停留,要向潇湘直进。地主重重压迫,农民个个同仇。秋收时节暮云愁,霹雳一声暴动。"

1927年11月13日,中共湖北省委为贯彻中央八七会议精神,组织3万多名农民自卫军和义勇军,在黄安、麻城发动起义,成立了黄安农民政府,组建了工农革命军。

1927年12月11日,中共广东省委为贯彻八七会议精神,在中共中央的直接领导下,发动广州地区工农群众和革命士兵举行暴动,并在广州成立了苏维埃政府。

1928年7月22日,湖南平江发动起义,成立了红五军。

王耀华说道:"在西方,古希腊神话中,有一位英雄普罗米修斯,他和最高的天神领袖宙斯不同,宙斯要求人类把最好的东西献给他,无条件地敬奉他;而普罗米修斯恰恰和他相反,凡是对人类有用的、能够使人类满意、给人类带来幸福的,他都会毫无保留地交给人类。为此,他不惜得罪宙斯,触犯天条,盗取了火种,赠予人类,使人类成为万物之灵。宙斯惩罚他,将他锁在高加索山上,让鹫鹰每天啄食他的肝脏。苦难并不能让普罗米修斯屈服,他说:'为人类造福,有什么错!我可以忍受各种痛苦,但绝不会承认错误,更不会归还火种!'

"同志们,我们共产党人就是普罗米修斯,我们的使命就是要把共产主义的火种,传递给千千万万受苦受难、被压榨、被奴役的劳苦大众,让他们像一个真正的人一样,站着,活着,并且幸福地活着!"

5

小小的天井热闹起来。

往日备受欺凌、敢怒而不敢言的草民们组织起来,成立了"牛头会""光蛋会"等各种互助团体,同以"袁家三虎"为首的土豪劣绅、恶霸地主们进行斗争。

王耀华在大革命时期,参加过湖南的农民运动讲习所的学习,现在,他又把这些方法传授给了天井周边的草民们。

首先是清算。

地方公款必经"袁家三虎"之手,而"袁家三虎"必要从中谋利。乡谚有云,"鸡蛋从'袁家三虎'手中过,不一定能剩半点壳",就是对他们赤裸裸剥削的生动写照。"牛头会""光蛋会"选出代表,组成清算委员会,同"袁家三虎"算账,算账的意义,不在于追回已经被侵吞的款子,而重在宣布"袁家三虎"的罪状,打击他们的政治地位和社会地位。

其次是经济上打击。

宣传减租减押,不准加租加押,不准退佃,取消苛捐杂税,增加工资等。

再次是收缴地主枪支,建立农民自己的武装。

天井周边的岗城、卫庄、朱圩、胡集等近二十个村庄,在当地党小组和贫雇农代表的组织和领导下,将包括"袁家三虎"在内的反动地主手中的枪支收缴过来,召开贫雇农大会,号召贫雇农参加自己的组织,拿起刀枪,保卫自己的权益。

最后是办夜校。

中国历代的统治阶级,都不允许农民有文化,"民可使由之,不可使知之"。因为农民一旦有了文化,就会知道统治阶级是如何盘剥他们,如何敲他们的骨,吸他们的髓,统治阶级就没有办法继续统治下去。而共产党人的目的和他们恰恰相反,共产党人就是要让普天下的受苦受难的人们明白他们为什么会受苦受难,怎么样才能不受苦受难,怎么样才能创造出一个人人平等、个个幸福的新社会,而要实现这样的目标,没有夜校,没有对农民的教育做先行,是无论如何也无法办到的。

王耀华亲自到各个夜校去给农民上课。

这个时候,他不再讲《诗经》,也不再讲新文化,他甚至不讲共产主义,而只是掰手指头,帮农民兄弟算账,算恶霸地主、土豪劣绅对他们进行残酷剥削的经济账,算恶霸地主、土豪劣绅对他们肆意欺凌的压迫账。

王耀华大声地告诉他们:"哪里有压迫,哪里就有反抗!"

王耀华还大声地告诉他们:"发如韭,剪复生;头如鸡,割复鸣。吏不必可畏,小民从来不可轻!"

王耀华除了去夜校,更频频深入农户家中。

这个时候的王先生,虽然还穿着长衫,农户们见着他却再也没有一丁点儿拘束的感觉了。他们不再喊他"王先生",而是称呼他"他叔"或者"他大伯"。

称呼变了,心更近了,爱更深了。

虽然长期的压迫和由此而导致的贫穷,有时使他们变得有点狭隘,有点自私,可是他们的本质终究是淳朴的,是厚道的,是可爱的,他们愿意相信王先生这样的人,愿意跟着王先生这样的人去奋斗,去打拼,甚至赴汤蹈火,也会在所不辞。

当然,也会有些人担心,担心袁家和袁家背后的势力。

"王先生是个好人,可是王先生终究不是本地人,事情闹大了,王先生可以走,我们却还要在这里讨生活。"

面对这样的情绪,王耀华总是反复告诉他们:"第一,我不会走;第二,只要你们抱成团,一条心,我走不走都没有关系。怕的应该是他们,而不是我们。"

6

"怕的应该是他们,而不是我们。"

王耀华这话说得没错。

"袁家三虎"确实害怕了。

老大袁龙,不止一次到泗水县城找县长李东仪,汇报天井的情况,希望李东仪能够有一个明确的态度,或驱逐王耀华,或逮捕王耀华,取缔"牛头会""光蛋会"等组织,李东仪却不置可否,只是让他继续观察,继续报告。

事态已经非常明显,还要继续观察!

再继续观察,说不定哪天,观察得脑袋被人砍了都不知道。

袁龙心里的懊丧和恐惧,自是无法用语言来形容,不敢明着顶,肚子里却早已把李东仪的先人悉数问候了无数遍。

其实,他哪里懂得李东仪的心思?

对于天井的局势,对于王耀华的一举一动,李东仪其实知道得比袁龙还清楚。

王耀华就是共产党人,来天井的目的就是要搞暴动。

王耀华肯定是要抓的,抓到肯定是要枪毙的。

但现在还不是时候。

首先,于泗鲲归隐天湖镇、李东仪担任泗水县县长还不到两年时间,于泗鲲虽然交出了汴泗地区,不再担任汴泗镇守使,但实力并没有任何损失,手下几千名弟兄只是脱去了军装,他们一旦拿起枪来,就是一支不容小觑的力量,不要说他李东仪只是个县长,只是汴泗地区的专员,就是省长,也不能不有所忌惮。更何况,泗水县的警察局长、保安司令胡连升,还是于泗鲲的小舅子,虽然社会上有传说,姐夫和郎舅两个面和心不合,矛盾颇深,但焉知不是苦肉计呢?再说了,就算传言是真的,可这层亲缘关系却总是不争的事实,"姐夫郎舅,说揍就揍",可是后面还有一句话,叫作:揍过拉倒。什么意思呢?就是该咋样还会咋样,不会记仇。但是他李东仪就不一样了:他是省府派来的人,是省府委任来处置地方事务的官员,和地方没有任何瓜葛,这也就意味着,他处理事情可以独立自主,不受地方势力约束;但处置不当,得罪了地方势力,无论出现什么后果,他也得自己兜着。

这样的事情,是有过前车之鉴的。

而对于这样的事情,李东仪的记忆也是分外清晰而深刻。

事件的背景与毒品有关。

时间大约在民国十六年初。

地点在津浦铁路与淮河交会处的千年古镇濠梁。

这濠梁的确不是一般的地方,且不说有庄子观鱼,化蝶升天,也不说蓝采和在此踏歌,得道成仙,单是朱重八于此投军,率二十四勇士,攻定远,陷滁州,占金陵,直至鼎定天下,作为龙兴之地,亦足以傲视天下名城、雄关古镇。

到了晚清和民国时期,随着铁路的开通,濠梁作为一个水路大码头,交通枢纽,越发繁荣起来。

是大码头就少不了鱼龙混杂,是繁华地就难免花街柳巷,烟馆遍地。

民国十六年的濠梁,公开营业的鸦片馆就有五六家,不公开的就不用说了,遍地都是。

是时,民国政府提倡戒烟,濠梁的地方政府自然不能不响应,就在濠梁的春华楼———一处妓院的旧址,办起了"戒吸所",但实际上,"戒吸所"却是官办的吸食鸦片机构,同时他们还开办了"官土行",公开贩卖大烟土,正所谓官匪勾结,帮会猖獗,广设烟馆,把一座好端端的古镇闹得乌烟瘴气。

此时,一位刚毕业的名叫揭觉安的大学生,受当时的安徽省政府主席委派,到濠梁担任警察局局长一职。

揭觉安是个有理想、有抱负的青年,上任后,决心要洗刷"东亚病夫"的耻辱,亲自拟写告示,明令宣布撤掉"戒吸所",封闭大烟馆,严禁吸食鸦片,违者重罚,屡教不改者处死。

戒烟令发出之后,在濠梁产生了很大的震动,"戒吸所"的招牌被砸掉,"官土行"被停办,烟馆被封闭,烟枪、烟灯被收缴,吸食鸦片者吓得不敢再吸,抓耳挠腮,垂涎流涕,惶惶不可终日。

可是,一些有权有势的人却肆无忌惮,继续贩卖鸦片。这些人中,以安清帮头子杜墨林为代表,有恃无恐。

杜墨林和上海滩的黄金荣是换过帖的把兄弟,号称"江南五虎"之一,门下有徒儿徒孙3000多人,在地方上很有权势,人称"杜三爷"。

揭觉安也是初生牛犊不怕虎,为了将禁烟运动深入进行下去,他决心将杜恶霸铲除,于是在这年春天的一个早晨,在杜墨林的公寓,用手枪将他打死在马桶上。

杜墨林的老婆杜三娘,是一个深通江湖行规、走南闯北、见多识广的女人,杜墨林被揭觉安枪杀后,杜三娘一不报官,二不发丧,而是召集门下心腹周密策划,趁着揭觉安清晨坐着黄包车去警察局上班之际,于大庭广众之下,在广运桥头将揭觉安枪杀。

一个警察局长,就这样暴尸街头,连巡逻和站岗的警察都不敢上前过问,遑论他人?

此事后来的结果,自然只能是不了了之,而濠梁的禁烟运动也就此结束,和揭觉安的性命一样,化作烟,化作灰,彻底地灰飞烟灭。

李东仪不想做第二个揭觉安。

不但不想做揭觉安,他还想在泗水县长的基础上更进一步,做汴泗地区的专员。

李东仪已经通过他的渠道,从省里得到确切的消息,汴泗地区的专员不久就要履新,而空出的专员位置,将在他和汴水县县长之中产生。在这个节骨眼上,可千万不能节外生枝。"牛头会"也好,"光蛋会"也罢,只要暂时维持住,不要刺激他们铤而走险,等到他坐稳了专员的位子,一切都好办。

这是李东仪的第二个小心思。

李东仪还有第三个小心思,那就是坐山观虎斗,坐收渔翁之利。

天井紧挨着天湖,天井有任何的风吹草动,第一个就要波及天湖,而于泗鲲是天湖乃至整个汴泗地区最大的工商业者兼地主,换句话说,就是王耀华他们第一个要斗争的对象。于泗鲲岂是一个甘于束手就擒的人呢?一个非斗不可,一个老虎屁股摸不得,这样一来,想不看好戏都难。等他们斗到两败俱伤,那时李东仪也坐稳了专员的位子,再一出手,可就……呵呵……呵呵……呵呵呵。

这样的好事,连做梦都会笑醒的。

7

李东仪不去管,胡连升就更不会过问。

胡连升平日躲于泗鲲还来不及,这会子更犯不着跑到天井去触于泗鲲的霉头。

于泗鲲素不喜"袁家三虎"鱼肉百姓。即使没有王耀华,于泗鲲也是迟早要收拾"袁家三虎"的。这一点,胡连升是早就知道的。

两个主要上司的态度如此暧昧,"袁家三虎"也只有自叹倒霉了。

没奈何,只得减租减息,增加雇工工资,团防局的枪也不得不硬着头皮交出几支,以图蒙混过关。

李东仪暗地里却紧锣密鼓,进行着垂死挣扎的准备。

他甚至演起了苦肉计,让三虎袁彪带着一帮混社会的兄弟,投奔到"牛头会""光蛋会"去,公开的腔调自然是浪子回头,改邪归正，要求进步，投奔光明，暗地里却是窥探王耀华他们的一举一动，好及时察知动向，一则通风报信，二则有针对性地做垂死挣扎，三则寻机破坏。

王耀华和他的同志们虽然对此也感到怀疑，但对于旧势力甚至反动势力的投向革命，却不能拒绝。

不但不能拒绝，反而要表示十分的欢迎。

革命就是要对旧势力、对反动势力进行斗争和分化瓦解，对于旧势力和反动势力的投向光明，正是革命的力量进行斗争和分化瓦解的结果，是革命的力量所希望看到的和收获的结果。

也许会因此付出代价，甚至可能是非常惨痛的代价，但革命，任何时候都不会是一帆风顺的。

真正的革命者，是愿意团结一切可以团结的力量的。

第八章

1

民国十九年春天的时候,中国共产党及其领导的红军已经在中国广袤的土地上建立起了井冈山革命根据地、赣南闽西革命根据地、湘鄂赣根据地、闽浙赣根据地、鄂豫皖根据地、湘鄂西根据地、右江根据地、海陆丰根据地、琼崖根据地等,并成立了苏维埃政府,此外,全国各地还有共产党人领导的大大小小、不计其数的起义和暴动,此伏彼起,遥相呼应,革命烽火正在形成燎原之势。

汴泗地区的天井镇及其周边,三年来在王耀华的精耕细作之下,暴动的时机也日趋成熟。汴泗特委根据全国革命形势的发展,要求天井特别支部认真做好暴动的各项准备工作,并向天井镇派出了专门的军事干部,帮助王耀华加强对参加暴动人员的军事训练。

根据特委指示,王耀华在天井小学召开支部扩大会议,在会议上成立了武装暴动的领导机构——"天井农民暴动行动委员会",王耀华任行动委员会书记、暴动总指挥。会议选举共产党员徐国华担任暴动行动委员会组织委员,选举共产党员张晓路担任暴动行动委员会宣传委员,会议任命军事干部何玉章担任暴动前敌总指挥,具体负责暴动队伍的军事指挥工作。暴动的具体时间,将由暴动行动委员会领导成员在大会之后,另行开会商量决定,并报汴泗特委批准后实施。

万事俱备,只欠一声惊雷。

2

对于王耀华在天井的活动,于泗鲲一直在观望。

退隐天湖以来,对于蒋介石的内政外交,于泗鲲越来越感到失望,所托非人的感觉也越来越强烈。他甚至有些后悔,不该那么痛快地把汴泗地区交出去。

原来以为,打垮了北洋军阀,南京政府取代北洋政府,天下一统,军阀混战也该就此结束了,备受战火蹂躏的汴泗地区,也该恢复鱼米之乡的原貌了。谁承想,蒋介石、冯玉祥、李宗仁、阎锡山之间很快又爆发了新的大战,战火所及,民不聊生。草民们充当炮灰和无辜的牺牲品不说,单是战争开支带来的苛捐杂税,已经压得他们如涸辙之鲋,张得大大的嘴巴里,只有出的气,而几乎没有进的气了。

三民主义:民族,民权,民生。

于泗鲲自加入同盟会起,便受此熏陶,耳濡目染,时刻铭记在心,不敢有一时一刻忘记。

民族主义,从"驱除鞑虏,恢复中华",到"五族共和",不管怎样,总算在形式上实现了。

民权主义呢?

孙中山先生说:封建的社会政治制度剥夺了人权,因而,绝非"平等的国民所堪受",必须经由"国民革命"的途径推翻封建帝制,代之以"民主立宪"的共和制度,结束"以千年专制之毒而不解,异族残之,外邦逼之"的严重状态,施行"仁政",给予人民以最大限度的自由和福利。

可是民国成立迄今已经十几年了,自由在哪里?福利又在哪里?

蒋介石的政府取代了北洋政府,草民们唯一享受到的是,新军阀混战带来的巨大军事开支,化作形形色色的苛捐杂税,化作层出不穷的拉夫抓丁,将他们压榨得衣不蔽体,体无完肤。

这就是蒋介石的民权给草民们带来的"自由"!

这就是蒋介石的政府给草民们的最大"福利"!

至于民生,民权如此,民生还有什么好说的呢?

可是,还是说一说吧。

孙中山先生说:民生就是"天下为公"。

这样的话,孔子也说过:"大道之行也,天下为公,选贤与能,讲信修睦。故人不独亲其亲,不独子其子;使老有所终,壮有所用,幼有所长,鳏、寡、孤、独、废弃者皆有所养;男有分,女有归。货,恶其弃于地也,不必藏于己;力,恶其不出于身也,不必为己。是故谋闭而不兴,盗窃乱贼而不作。故外户而不闭,是谓大同。"

这样的话,马克思也说过:"各尽所能,按需分配。"

关于民生,孙中山先生除了"天下为公",还有具体的方案。

孙中山先生把民生问题总结为两个主要内容:土地和资本。

关于土地,孙中山先生主张:在"土地国有"的基础之上"平均地权"。

关于资本,孙中山先生主张:节制私人资本,发达国家资本。

孙中山先生对于民生主义还有进一步的阐释。

孙中山先生说:"民生主义究竟是什么东西呢?民生主义就是共产主义,就是社会主义。所以我们对于共产主义,不但不能说是和民生主义相冲突,相反,他们还是一对好朋友,主张民生主义的人应该要细心去研究的。

孙中山先生都已经说得如此透彻了,于泗鲲是孙中山先生的学生、三民主义的信徒,自然要跟着孙中山先生走。

不像有些人,墙上挂着孙中山先生,嘴上说着孙中山先生,心里却早已视孙中山先生如敝屣,将其抛至九霄云外,半点踪迹也寻不着了。

3

王耀华的到来,使于泗鲲的心中重又燃起了小小的火苗,但这火苗还太朦胧,太微弱。

三民主义没能拯救中国,共产主义就能拯救中国吗?

王耀华到天井,来得正好。

李东仪的心思,于泗鲲很清楚。

李东仪不愿意过问,他于泗鲲也正好乐得顺水推舟。

这样一个难得的舞台,就让王耀华尽情地去发挥吧。

唯恐火烧得不够旺,于泗鲲甚至悄悄派人给王耀华传递消息,示意王耀华,如果有困难,有需要,可以寻求他的帮助,他一定会不遗余力。

4

春天是美好的。

万物复苏,百花盛开,连空气中都颤动和弥漫着勃勃的生机。

如果再来上一点蒙蒙的细雨,就更加地美妙了。

蒙蒙的细雨中,诗人们往往会忍不住诗兴大发。

而古代的诗人们大多比较含蓄。

他们会说:"天街小雨润如酥,草色遥看近却无。最是一年春好处,绝胜烟柳满皇都。"

也会说:"好雨知时节,当春乃发生。随风潜入夜,润物细无声。野径云俱黑,江船火独明。晓看红湿处,花重锦官城。"

而现代的诗人们就要直白得多。

他们丝毫不愿意掩饰自己对春雨由衷的喜爱,往往更愿意直抒胸臆。

"雨是最寻常的,一下就是三两天。可别恼。看,像牛毛,像花针,像细丝,密密地斜织着,人家屋顶上全笼着一层薄烟。树叶却绿得发亮,小草也青得逼你的眼。傍晚时候,上灯了,一点点黄晕的光,烘托出一片安静而和平的夜。乡下去,小路上,石桥边,有撑起伞慢慢走着的人,地里还有工作的农夫,披着蓑、戴着笠。他们的草屋,稀稀疏疏地,在雨里静默着。"

这是诗人们笔下的春雨,无论古今,都祥和、宁静、美好。

这份祥和、宁静和美好,甚至感染了农人。

那辛苦的、木讷的、老实的、一点儿都不善言辞的农人,此刻也会忍不住感慨一句:"春雨贵如油呀!"

可是,民国十九年天井的春天,就全然不是这么回事了。

天像是被谁撕开了一个大口子,雨像漏了似的,一个劲儿往下倒。

从正月开始,一直到三月,大雨滂沱不说,还伴有电闪雷鸣。无边的黑幕被拦腰撕开,云破处,光华灼灼,刺痛着人们的眼睛,而紧接着的一连串的霹雳,连大地似乎都随之震动起来。

人们的心也揪得紧紧的,半点也得不到放松。

水,从沟渠,从天湖,从村庄的角角落落迅速地漫上来,淹没了农田、牲畜和房屋。

高地上,逃出来的农人们呆呆地立着,呆呆地看着,他们的心已经痛苦到麻木,甚至连哭天抢地都忘记了。

正月打雷骨堆堆。

老天爷难道又要收人了吗?

5

天,终于渐渐地放晴了。

水,也慢慢地退去。

大地重又裸露出博大的胸怀,来迎接和拥抱多灾多难的子民们。

王耀华和他的同志们在洪水到来时忙于救灾,现在又忙着帮灾民们重建房屋,恢复生产。

他的长衫不见了,取而代之的是一套利落的短打,眼睛熬得通红,头发老长,胡子拉碴。除了鼻梁上架着的那副眼镜,还有他曾经的教书先生的身份,其他地方,都已经和天井的草民们毫无区别了。

谁都以为,灾难已经过去,生机将重回大地,重回人间,可谁知道,更大的灾难又接踵而至。

罂粟,这暗藏阴谋的植物,在它纤细而柔弱的外表下,在它明艳不可方物的花朵中,其实都饱含着不可告人的、极其富有毒性的、随时准备戕害人类的为祸之心。

而比罂粟更毒的,却是政客和军阀们的无耻。

由于连年内战,军费入不敷出,加上姨太太和她们豪奢的生活,横征暴敛已经不能满足政客和军阀们的需求,他们的目光不约而同,盯上了罂粟。

自民国成立以来,不,更确切地说,应该是自1840年以来,从清朝政府到北洋政府再到南京政府,无不明令禁止种植和吸食鸦片,可实际上,无论是鸦片的种植,还是吸食鸦片的人群,不但没有禁绝,反而越来越多。究其原因,不外乎"暴利"二字。

为了利益,政客和军阀们也从来不惮于不择手段地对草民们进行敲骨吸髓的剥削。

洪水刚刚退去的天井镇,草民们还来不及开始灾后的重建,就迎来了国民政府驻汴泗地区第七骑兵旅的士兵和泗水县民团的团丁,他们来的目的只有一个:收捐,收大烟捐。

整个泗水县应派烟捐120万大洋,分摊到天井镇,分摊到地亩,每亩应派烟捐130块大洋。

"每亩应派烟捐130块大洋"是个什么概念?

我们不妨来算一笔简单的账。

1块大洋大约可以购买米30斤。

1亩地大约可以产米200斤。

130块大洋大约可以买米3900斤。

更何况,还是在大灾刚刚过后。

这不是派烟捐!

这是要人命!

这不是要人命!这是要把人打入十八层地狱,永世不得翻身!

老天爷没有收人。

倒是这帮披着人皮的畜生,如此草菅人命!

是可忍,孰不可忍!

除了暴动,还有别的路可以走吗?

6

农历三月初三,是中华人文始祖轩辕黄帝诞生的日子。

暴动行动委员会研究决定,就在三月初三这一天举行暴动。

天井小学成为暴动的指挥中心,人来人往,进进出出,热闹非凡。

小学的操场上,垒起了土灶,架起了大锅,杀猪宰羊,准备暴动前的大会餐。

再困难,一顿饱饭总是要吃的。

王耀华和暴动行动委员会的委员们在屋里开会,商量暴动的有关事宜。

会场的气氛热烈而紧张。

会议决定:午时举行暴动,鸣枪为号;成立红军独立师,何玉章任师长,王耀华任政委;师以下设支队,共设第一、第二、第三三个支队,并分别任命了支队的军事主官和政治主官;暴动口号是"打倒土豪劣绅""取消苛捐杂税""打土豪,分田地""推翻国民党统治,建立工农政权"等;暴动队伍占领天井后,以天井为中心,由天井向北打,完成扩大队伍、补充给养的任务后,折向东进,占据天湖东岸的鹤山、塔山、狮虎山,据水凭山,建立革命根据地。

正午时分,暴动开始。

近千名参加暴动的农民,或手持快枪,或高举斧头、镰刀,或拿标枪,或提棍棒,分两路拥向区公所和团防局。

预先得到消息的泗水县第八区区长大虎袁龙、泗水县第八区团防局局长二虎袁虎,早已逃得没有了踪影,剩下的这些走狗,早就没有了往日耀武扬威的嚣张气势,跪着把武器交出来,摇尾乞怜，以求保全一条狗命。

暴动队伍冲进袁龙、袁虎家，将金银细软悉数收缴，将田契、房契搜出，于院子中一把火焚烧干净。

暴动队伍完成对天井的全部占领后，王耀华宣布成立天井苏维埃政府，留第三支队一部分人留守天井，其余部队往南，攻打天湖镇。

攻打天湖镇只是佯攻，是王耀华和于泗鲲之间的默契。

暴动队伍集中起来，攻打于泗鲲的庄园于圩子，雷声大，雨点小。

而于泗鲲也颇为配合地关紧大门，命令碉楼里的家丁们把枪往天上放。

几挺机枪密集地向天上扫射不久，暴动队伍就以火力太猛为由，停止了对圩子的进攻，掉转头，按原定计划向天井以北打去。

暴动队伍向北打得很顺利，几乎没有遇到大规模的抵抗。更有甚者，有的地方的团防局，团丁跑光了，却把枪支一杆不少地留了下来。各地的农民兄弟纷纷闻讯而来，加入暴动队伍中。队伍很快发展到了几千人，声势浩大，大有席卷泗水县东北半壁江山之势。

这一下，李东仪再也坐不住了。

7

天井暴动的消息很快传到省府，又传到南京。南京和省府大为震怒。

省府要求李东仪立刻集合全县团防力量，会同驻防汴泗地区的国民革命军第七骑兵旅，在务必守住泗水县城的前提下，主动出击,迅速、干净、利索地将农民暴动镇压下去,戴罪立功。

坐山观虎斗的计策落空,升任汴泗地区专员的愿望成了泡影,鸡飞蛋打不说,小命能不能保住尚且未知,于李东仪来说,除了作困兽之斗,已经没有别的选择。

胡连升的境遇比李东仪也好不到哪里去,两个人此时倒成了一根绳上的蚂蚱,跑不了胡连升,也蹦不了李东仪。

此时,暴动队伍内部也出现了问题。

暴动队伍的迅速扩大,暴动形势的发展,都超出了包括王耀华在内的暴动领导人的预期,一种盲目乐观的情绪很快在领导层蔓延开来。他们普遍认为,此前低估了群众的觉悟和力量,对革命形势发展的估计过于保守。为此,他们立刻召开前线会议,修正了暴动前制订的计划,决定放弃"折向东进,占据天湖东岸的鹤山、塔山、狮虎山,据水凭山,建立革命根据地"的计划,转而攻打泗水县城,占领泗水县城,以泗水县城为中心,四面开花,将红旗插遍泗水。

暴动队伍在满怀着必胜的信心往泗水县城进发的途中,与驻防汴泗地区的国民革命军第七骑兵旅的主力及李东仪、胡连升率领的民团,迎面相遇了。

训练有素的骑兵旅没有丝毫的迟疑,直接就展开了旋风般的正面进攻。李东仪、胡连升率领的民团,因为没有了丝毫退路,也变得异常骁勇起来。

暴动的队伍,枪支本就不多,更谈不上专业的军事训练,很快就被压制住,失去了战场上的主动权。

但因苦大仇深而爆发出的血气之勇,还是使得这支暴动队伍迸发出了不容小觑的刚猛的战斗力量。

战场陷入胶着状态,刀光剑影,血肉横飞。

关键时刻,三虎袁彪突然反水,战场形势立刻扭转,暴动队伍一片混乱,终至溃不成军。

何玉章中弹牺牲。

王耀华受伤,下落不明。

天井暴动,失败了。

8

天井暴动失败后不久,李东仪出现在天湖镇。

李东仪此次天湖之行,主要是来拜访于泗鲲。

拜访于泗鲲的目的,是要揪出王耀华。

据可靠消息,王耀华此刻就躲在于泗鲲的庄园中疗伤。

但是,偌大的庄园,想要搜个人,谈何容易?

更何况,在这天湖镇,到于泗鲲的庄园公开地搜捕,不算天方夜谭,也是痴人说梦。

在这个问题上,李东仪想得很清楚:只宜智取,不能强攻。

他已经获咎于省府,万不能再得罪于泗鲲。

于泗鲲府邸,二人分宾主坐定,下人端上茶来。

于泗鲲:"东仪,这是上海公司刚寄送过来不久的明前龙井,请你品尝。"

李东仪端茶在手,轻轻提起杯盖,但见袅袅的水汽中,形似莲心的嫩芽正浮沉于水中。

果然是最上等的明前龙井:色翠,形美,香郁。

李东仪微合双目,深吸一口茶香,又轻啜一小口茶水。

于泗鲲:"如何?"

李东仪:"好茶! 于公果然是神仙中人啊!"

于泗鲲一笑："神仙我是不敢当的,能苟全性命于乱世我就知足了。"

李东仪："于公以为当今是乱世?"

于泗鲲："东仪以为当今是盛世?"

李东仪："几个小丑作乱,于公不必介怀。不是已经平息了吗?"

于泗鲲："你在县城,自是不必介怀;我在这天湖镇,却是个出头鸟。枪打出头鸟啊!"

李东仪："这个东仪却也听说了。倒是打得很热闹,让于公受惊了。不过,有惊无险,倒也是一件好事。"

于泗鲲冷冷一笑。

于泗鲲："有惊无险,你倒说得轻巧。要不是我高墙大院,工事坚固,怕是有十个于泗鲲,你现在也见不到了。我倒是等着你们来救我呢!"

李东仪脸色微微一变,有些不自在起来。

李东仪："这话说起来,东仪作为一县之长,确有不容推卸之责任。上峰虽然于我薄有惩戒,但令于公如此受惊,东仪实在感到惭愧。所幸于公安然无恙,不然,东仪真是百死莫赎呢。"

于泗鲲："话也不能这么说。这种事情,也不能全怪你。"

李东仪："于公虽然不怪罪东仪,东仪之心却实难安稳。东仪此次前来,就是为于公安全之计。"

于泗鲲："哦,此话怎讲?"

李东仪："东仪有可靠消息,组织暴动的王耀华就藏在于公的府上。"

于泗鲲一下子坐直了。

于泗鲲："哦,竟有这样的事情? 怎么回事? 你给我说清楚。"

李东仪："我就说嘛,于公肯定不会知道这种事情。消息是绝对可靠的,据东仪推测,一定是您府上有人想要嫁祸于您,瞒着您做了这样的事情。"

于泗鲲："那,这个事情现在怎么办呢?"

李东仪："为于公考虑,悄悄查出来,悄悄把人包括同伙交给我们带走,神不知,鬼不觉,政府那边,我自会为于公开脱;还有一种方法,我们带兵强行来搜,于公场面上可能不好看,却最安全,大庭广众,众目睽睽之下,共党'余孽'也只会把账算在我们头上,于公绝不会有半点干系。"

于泗鲲："容我想一想。东仪,你何以如此肯定王耀华就藏在我的家里?你确定你的情报没有问题?谁给你提供的情报,还敢这样信誓旦旦地给你保证?可别是一些别有用心的人,为了赏金,或者别的目的,传递的假情报。"

李东仪："情报是绝对没有问题的,于公。这一点您大可放心。"

于泗鲲："那我就更不放心了。东仪,我们不妨打开天窗说亮话。你的情报肯定没有问题,王耀华肯定藏在我的庄园里,我要是查出来,交给你们,自然没有问题。可问题是,如果我没查出来,或者这个人压根就不在这里,根本就是子虚乌有,无从查起的事情,那我岂不是跟共产党扯上了说不清道不明的关系?到时候,有人说我通共,我也是百口莫辩哪。"

李东仪连忙站起来。

李东仪："于公多虑了。东仪绝不敢有此意。"

于泗鲲："你没有此意,我倒是相信。就怕有人不肯放过我呀。算了,不说那么多了。东仪,既然承蒙你如此关心,我也就给你交个底。你说的事情呢,我肯定要严查,一查到底,真有这么回事,人交给你,随你怎么处置;真没有这么回事,我也没办法,总不能凭空给你造个王耀华出来。我既然已经选择了归隐,江湖也好,共产党、国民党也好,从此我就不会再过问。谁,我也不想得罪;谁,我也得罪不起。"

于泗鲲端茶,李东仪见事已至此,也只得暂时告退。

于泗鲲将李东仪送到门口,转头对外面候着的于万顺交代。

于泗鲲:"万顺,把那刚寄来的龙井茶,给李县长和胡司令各带上一斤。"回头向李东仪双手一抱拳。

于泗鲲:"东仪,慢走。恕不远送。"

这边送走李东仪,那边立刻招来于万顺,让他亲自安排,将伤口已经痊愈的王耀华,通过地道转移到钱庄,再用钱庄押运大洋的专车,将王耀华连夜送出天湖,送往他想要去的地方。

第九章

1

二楼,于泗鲲招呼吴乃鸣坐下,亲自为吴乃鸣泡茶。

于泗鲲把茶递给吴乃鸣,吴乃鸣连忙站起来,接过茶。

两个人坐下。

吴乃鸣喝茶。

于泗鲲注视着吴乃鸣。

于泗鲲:"怎么又换上这身打扮了?连名字也改掉了,不是王耀华,也不是吴默生,叫吴乃鸣了。你这演的又是哪一出啊?不平乃鸣?"

吴乃鸣一笑。

吴乃鸣:"大哥,时间过得真快呀,上次一别,转眼又是六年多。"

于泗鲲:"是啊,连儿子都要成婚了,岁月催人老啊。"

于泗鲲:"我现在该怎么称呼你?王耀华?肯定不合适了。默生?乃鸣?还是吴副官?"

吴乃鸣:"我现在的身份是国民革命军某部上校副官,大哥,您叫我乃鸣,或者吴副官,都可以。"

于泗鲲:"我还是叫你乃鸣吧。这话听着怎么那么别扭?说实话,我从来都是听吴先生喊你默生,我还真不知道你的奶名叫什么?"

于泗鲲说完,哈哈大笑。吴乃鸣这才听明白于泗鲲是在拿他的名字的谐音打趣他,也忍不住乐了。

吴乃鸣:"哪有什么奶名(乃鸣),从来都是默生。我爷爷那个人,大哥还不了解吗?"

这话竟也含了双关的意思,让于泗鲲听了,除了感到安慰,还有莫名的感动。

于泗鲲:"对了,乃鸣,上次相见,太过仓促,形势紧张,你又有伤,有几个事情,我想问你,都没来得及。"

吴乃鸣:"那您现在问吧,大哥。能回答您的,我保证知无不言,言无不尽。"

于泗鲲:"倒也不是多要紧的问题。那我就问了。第一个问题:辛亥革命后,我在汴泗担任镇守使,曾经回老家去找你们,没有找到,打听原因,也无人知晓,你们为什么搬走?是因为当初救我走漏了消息,不得已举家搬迁,躲避灾祸吗?你们搬去了哪里?后来过得怎样?"

吴乃鸣:"倒也没有走漏消息,但确实有避祸的意思。把你安全送走不久,老家就发生了一件很轰动的事情,那些参与杀害你全家的人,在一个晚上全都被割了喉。这件事情的诡异之处在于,被割喉的知府、县令、武官、兵勇乃至告密者,并不在一处,甚至相距很远,割喉者用如出一辙的杀人手法,在一夜之间是如何做到的?消息传开,众说纷纭,有人拍手叫好,有人恨之入骨。但不管怎么说,案件却是毫无头绪,无从查起。因为你是爷爷的学生,爷爷担心官府丧心病狂,嫁祸于我家,就带着我们全家悄悄搬迁到天津郊外,投奔爷爷以前的一个学生。后来,我就在天津读书,上了大学。我到天井的时候,爷爷和父母都已经故去多时了。"

于泗鲲:"原来如此!吴先生的救命之恩、教育之恩,此生竟无从报答了!"

于泗鲲:"第二个问题:你刚到天井之时,为什么不来找我?举事失败后,你怎么想起来找我?当此命悬一线之际,若是有任何差池,岂不令我抱恨终生?"

吴乃鸣:"大革命失败后,形势对我们很不利,很多共产党员被杀害,也有不少共产党员变节、脱党。我们从事秘密工作,在这种形势下,不能不格外小心。保全自己,就是对组织的最大负责。我到天井的时候,我们尚不能确定你对共产党的态度,我到天井负有特殊的使命,不能有任何差池,也不能有任何赌的心理。后来,通过我们的观察,你同情共产党,富于正义感,又主动派人同我们联系,对我们在天井的工作给予了很大支持,所以才有了我负伤之后去找你的事情。而这个时候,我必须要告诉你我是吴默生了,否则,我也太不地道了。"

于泗鲲:"第三个问题:当时你来找我,说出你是吴默生的时候,我的第一感觉,你来找我,绝不是让我救你一命这么简单,你一定有很重要的事情和我说。可惜当时我要应付的事情太多,一忙,竟忘了问你。而你,后来直到离开,也没有再说任何事情。现在,时过境迁,我不知道当时的这种感觉对不对,也不知道现在再说这种事情还有没有必要,可是,我还是很想知道答案。"

吴乃鸣:"你的感觉是对的,大哥。我当时来找你,确实不是为了自己。我很清楚,一旦我向你坦白身份,不管天大的麻烦,你一定会不遗余力地救我。但若仅仅是为救我,就不用那么麻烦了,我没有那么重要。我之所以从枪林弹雨中突围出来,冒着连累你的风险来见你,主要目的是想请你出面,以你同盟会员和曾经的汴泗镇守使的身份,出面斡旋,帮我们尽可能挽救暴动失败被捕的同志。可是后来,当我从万顺哥口中得知李东仪和你的谈话之后,我就决定不再说这件事了。"

于泗鲲:"为什么呢?"

吴乃鸣:"大哥,这还用说吗?李东仪给你把坑都挖好了,就等着你跳下去。这时候,我怎么能再给你出难题呢?"

于泗鲲:"是啊,你不说也是对的,说了,我也没有办法。只要涉及共产党,蒋介石的态度,你们共产党都是晓得的,'宁可错杀一千,不可使一人漏网',汴泗地区不再是原来的汴泗地区了,它现在姓蒋。我这个曾经的镇守使,也说不上话了。对不起你们了,老弟呀!"

吴乃鸣:"大哥说哪里话?对不起我们的是蒋介石,是国民党反动派。大哥永远都是我们的朋友,最好的朋友。"

于泗鲲伸出双手,和吴乃鸣的双手紧紧地握在一起。

于泗鲲:"老弟呀,我惭愧呀!啥也不说了,还是那句话:有任何困难、任何需要,你说,我一定不遗余力!"

2

于泗鲲和吴乃鸣在上面交谈,于万顺带着几个家丁守在下面。

吴乃鸣带来的两个卫兵则坐在一边喝茶。

一个穿着中山装、留着分头的学生模样的青年从外面进来,见了于万顺,站住,很规矩地向于万顺鞠了一个躬。

青年:"万顺叔。"

于万顺连忙上前,扶住青年。

于万顺:"哎呀,跟你说过多少次,在家不要这么客气,尤其跟我。你们都是我看着长大的,跟我还这么讲究,不是要拘束我吗?"

于万顺一边拉着青年,一边转头对几个家丁感慨。

于万顺:"你们看见没有?要我说,三少爷就是三少爷!这北京大学培养出来的高才生,那真就是不一样!那个愣小子,你们也天天见,那是个什么玩意儿?整天没大没小的,什么人都能混到一起,根本就上不了台面。他大哥大喜的日子,你猜人家干吗去了?和一帮子闯江湖的打把式卖艺的,到天湖边耍狮子去了!你说这算哪门子事儿?我都没敢跟老爷说,怕老爷一生气,再把他的狗腿打折了。"

大家伙全都笑了起来。

青年也笑了。

这个青年,就是于泗鲲的第三个儿子于双全,在北京大学读书,刚回天湖不久。

于泗鲲有三个儿子,长子于成文,次子于成武,到了老三,就取名于双全,有寄予文武双全之意。

今天是老大于成文大喜的日子,迎娶的就是郑秀才的女儿郑秀红。两个人是姨表亲,从小就指腹为婚的。

于万顺口中的愣小子自然就是老二于成武了。这会子怕还泡在天湖里,忙着捉鱼摸虾呢。

于双全:"万顺叔,父亲在楼上?"

于万顺:"在,正会见客人呢。吩咐了,谁都不许上去。怎么,找老爷有事?"

于双全:"也没什么事情,就是来请问他老人家,看有没有什么事情需要我们去做的。母亲不在多年,大哥成婚,这样的大事,我怕父亲太过于操劳了。我们做儿子的,凡事主动一点,就算是尽孝了。免得他有事寻不着我们,又不开心。"

一番话,说得于万顺动了感情,眼角竟有点湿润了。

于万顺:"嗨,你这话,让我怎么接好呢?老爷有你这样的儿子,也该知足了!"

于万顺说着,撩起衣襟去抹眼泪。

于双全扶住于万顺的双肩。

于双全:"万顺叔,这是怎么了?大喜的日子,要开心才是!快别这样了。"

于万顺:"我是太高兴了!你们都长大了,懂事了,我开心,我高兴!"

于双全:"那,万顺叔,既然父亲有客人,我就不上去打搅了。我在前厅接待宾朋,有事情您派人招呼我。"

于万顺沉吟了一下。

于万顺:"按道理说,这个人其实你也该见见的。这样吧,我上去跟老爷通报一下,你在这儿别动,稍微等我一下。"

于万顺说着,转身上楼。

于双全只好不走,站在那里,一边等于万顺,一边有一搭没一搭地和家丁说话。

于万顺很快下来,神情有点小兴奋的样子。

于万顺:"我就说嘛,这个人你肯定是该见一见的。老爷让你这就上去,快去吧。"

于双全答应着,往二楼走去。

3

二楼,客厅,两扇大门紧闭着。

于双全站在门口,轻轻地叩了两下门。

于泗鲲的声音从屋里传出来。

于泗鲲:"是双全吧?进来吧。"

于双全推门进去,随手把门掩上,对着父亲微微一弯腰。

于双全:"父亲。"

他们兄弟三人,尤其于成文和于双全,对于泗鲲的称呼永远都是这么正式。

从小开始,于泗鲲在他们眼里,首先是镇守使,然后是老爷,最后才是爸爸。

而这个爸爸,从来都是严肃的、威武的,甚至不近人情的。

他们一年到头很少见到他,也不愿意见到他,即使不得已见了他,也躲得远远的,不愿意亲近他。

在他们三兄弟眼里,爸爸就是一个最亲的陌生人。

他们不愿意把"爸爸"这个称呼给一个陌生人。

在他们三兄弟眼里,这个世界上,只有妈妈是最好的。

妈妈像个老母鸡一样,护着他们,宠着他们,给他们以无限的关心和爱护。

可惜,妈妈去世得太早。

于泗鲲:"这是你吴叔叔,来,见过你吴叔叔。"

于双全转向吴乃鸣,一个深深的鞠躬。

于双全:"见过吴叔叔。"

吴乃鸣连忙站起来。

吴乃鸣:"这是?"

于泗鲲:"这是犬子,老三,于双全,在北京上大学,刚回来不久。"

吴乃鸣上前一步,搂住于双全。

吴乃鸣:"哎呀,老三都这么出息了,让我好好看看!"

吴乃鸣:"一表人才!一表人才!老兄你好福气啊!"

122

吴乃鸣转头看着于泗鲲。

吴乃鸣:"杜甫那首诗怎么说来着?哦,对了,'人生不相见,动如参与商。今夕复何夕,共此灯烛光。少壮能几时,鬓发各已苍。访旧半为鬼,惊呼热中肠。焉知二十载,重上君子堂。昔别君未婚,儿女忽成行……'"

于双全:"怡然敬父执,问我来何方。"

吴乃鸣被打断,不由得一愣:"哦?"心下暗自赞叹:好个机灵的小子!

于泗鲲哈哈大笑。

于泗鲲:"我来告诉你,你吴叔叔是何方神圣。他的爷爷是我的先生,他们全家都是我的救命恩人。我少年的经历,你们的母亲应该和你们说起过吧?"

于双全:"家母在世时常提及,原来是恩人到了,侄儿失礼了。"

于双全说着,就要跪拜下去。

吴乃鸣连忙一把拉住。

吴乃鸣:"双全,不可如此。我怎么敢受此大礼?"

于泗鲲:"吴叔叔不是外人,你就不要如此多礼了,显着生分。都坐下说话吧。"

三个人坐着,闲聊起来。

于双全不住地打量着吴乃鸣,他毫不掩饰的关注,连于泗鲲也注意到了。

这样的关注,对客人显然是不礼貌的。

于泗鲲有些不高兴了。

于泗鲲:"双全,有话就说,不要这样打量长辈,没有礼貌。"

于双全:"父亲,双全不敢失礼,双全只是觉得,和吴叔叔在哪里见过。"

于泗鲲:"又说胡话！怎么可能呢？我和你吴叔叔自少年一别,不相见已三十六年,你怎么可能会见过吴叔叔呢？"

于泗鲲故意隐去了民国十九年那一段。

于双全却偏偏提起了那一段。

于双全:"父亲,您还记得吗？民国十六年的时候,邻近的天井镇,来过一位名叫王耀华的教书先生。"

于泗鲲听得有些惊心动魄了,表面却还是一副沉静的样子。

于泗鲲:"哦,那又如何？"

于双全:"那位王先生学问好,书也教得好,和以前的先生大不一样。我那时刚刚十岁,正上小学,和几个同学还专门偷偷跑到天井镇去看过。当时他们正在上音乐课,唱的是李叔同先生的《送别》,'长亭外,古道边,芳草碧连天。晚风拂柳笛声残,夕阳山外山',真是好听极了。尤其是王先生,他拉手风琴的样子,那份沉醉与洒脱,给我留下了太深的印象。吴叔叔如果不是穿着军装,我几乎要以为他就是王耀华先生了。"

于泗鲲:"这话你出去千万不要乱说！那个王耀华是共产党,你离开家到省城读书后不久,他们就在天井搞了暴动,这个事情你不知道吧？他们第一个攻打的目标就是我于家的庄园,幸亏我高墙大院,早有准备,否则后果真是不堪设想。你吴叔叔是国民革命军人。"

于双全:"父亲,双全知错了。吴叔叔,双全多嘴了,请不要介意。"

吴乃鸣:"唉,这算什么！孩子无心之言,大哥小题大做了啊。这世间,相像的人原本就多,你们不看演义吗？帝王将相,乱世之中,哪个没有几个替身？我也就是个小军官,若成了大将军,说不定真要把那位王先生请来,做我的替身,倒也是一件美事。"

于双全:"吴叔叔真是通达之士!那个王先生且不论他的身份,才华确是有的!若给您做替身,我也以为很合适呢。我至今都还清晰地记得,那个小学门口的那副对联,颇有阳明心学的意味呢。"

吴乃鸣:"哦,是吗?说来听听。"

于双全:"上联是:眼界放开切勿小看自己。"

吴乃鸣:"下联是:鸿沟打破务要学取他人。"

于双全惊喜地:"吴叔叔也知道这副对联?"

吴乃鸣:"你爸爸也知道这副对联。"

于泗鲲:"我还以为是什么!这对联就是我当年跟吴先生求学时,吴先生撰写并悬挂在书屋的对联之一。孔孟之乡,谁还不能写几副对联呀,值得如此大惊小怪?!这王耀华不知从哪里看到,抄了来,却被你当作宝了。可见,你说的这个王先生,怕也不过是沽名钓誉之徒吧?"

于双全站起身:"父亲教训得是。双全一定引以为戒。"

几个人正说得兴起,门被推开,于万顺匆匆闯了进来。

于万顺疾步走到于泗鲲跟前,俯身下去,在于泗鲲耳边耳语几句。

于泗鲲脸色大变,忽地站起。

于泗鲲:"你快下去,请他到会客厅就座,我马上下去见他。务必不能让他上楼来,快去!"

话音未落,门外传来李东仪的声音:"于公,公子大喜,东仪祝贺来迟,万勿见怪呀!"

门再次被推开,站在门口的,正是泗水县县长李东仪,和泗水县警察局局长、泗水县保安司令胡连升。

4

李东仪满脸春风,站在门口,胡连升也脱去了警服,一袭长袍马褂。

李东仪:"于公……"却一眼看到了端坐于座位上的吴乃鸣,立刻瞠目结舌,下面的话硬生生咽了回去。

于泗鲲站起身,想要招呼,却也一时不知从何说起。

空气仿佛凝固了一般。

李东仪:"果然是有贵客!王耀华王校长王先生,别来无恙啊!"

于双全忽然笑起来。

众人的目光不约而同,一起射向于双全。

于双全:"刚刚父亲还训斥我来着,看来并不是我一个人的错,连见多识广的李县长,竟也错把吴叔叔当作王耀华了,可见他们俩还真不是一般地像。"

于泗鲲暗自长吁了一口气。

于泗鲲故意沉下脸来,责备于双全。

于泗鲲:"淘气也不看看地方!尊长是你可以打趣的吗?"

于泗鲲:"东仪,快请进,我来介绍一下。"

于泗鲲上前一步,拉住李东仪的手,一起走到吴乃鸣面前。

吴乃鸣这才从座位上站起来。

于泗鲲:"我的故交,国民革命军上校吴乃鸣。"

于泗鲲:"这是泗水县长李东仪先生。"

吴乃鸣敬军礼:"幸会,李县长。"

李东仪:"阁下在哪个部队任职?"

吴乃鸣:"事关军事机密,恕乃鸣无可奉告。"

李东仪:"你果真不是王耀华?"

吴乃鸣:"这王耀华不知是何方神圣,竟劳各位如此牵挂!若有机会,我倒真想见一见此人呢。"

于泗鲲:"好了,这个话题我看可以就此结束了,不要让一个莫名其妙的王耀华,搅扰了我们的兴致。来来来,大家就座吧。今日难得你们二位相识,一个在军队,一个在地方,都是为党国效力,以后还要相互扶持、相互提携才是。泗鲲老朽以后还要多多仰仗各位呢。"

吴乃鸣:"泗鲲兄,少年一别,今日乃得相见,真有人生如梦之感。又有幸得以见到双全和各位高朋,在乃鸣本意,甚愿叨扰,奈何军务倥偬,不得已,只得就此告辞。各位,后会有期!后会有期!"

吴乃鸣——拱手抱拳。

于泗鲲:"天已近正午,这就摆席,用过饭再走不迟。"

吴乃鸣:"谢谢大哥美意!实在是军务在身,不敢耽搁。"

于泗鲲:"那好吧,军务要紧,我就不强留你了。老哥哥这里,你既已知道,以后一定要常来,免我悬望。"

说到后来,已是动了真情,眼有泪珠,语见哽咽。

吴乃鸣:"不劳大哥嘱咐,乃鸣自当常来看望大哥。"

于泗鲲:"我有贵客,不便送你,双全,你代我送下你吴叔叔。"

于双全答应着,送吴乃鸣出去。

李东仪给胡连升使了个眼色,胡连升也要跟着出去。

于泗鲲已经转过身,却像背后长了眼睛,吩咐胡连升。

于泗鲲:"连升,你就不要去了,成文和秀红结婚,你两头都是舅舅,我还有很多事要和你商量。"

5

天湖镇外,官道上。

于双全送吴乃鸣到路口。

两个卫兵不远不近地跟在后面。

四顾无人,于双全和吴乃鸣站住,两双手紧紧地握在一起。

吴乃鸣:"双全同志!"

于双全:"乃鸣同志!"

民国二十三年(1934),于双全从省城考入北京大学。

这时候的北平,正处在风雨飘摇之中。

九一八事变之后,东北沦陷,日本侵略者在长春建立伪满洲国,公然对中国东北进行殖民统治。

蒋介石政府坚持"攘外必先安内",对日本帝国主义步步退让,层层妥协,完全不抵抗,不但不抵抗,甚至千方百计打压抗日力量。

退让和妥协的结果,是《塘沽协定》的签订。

在这个协定中,蒋介石政府在事实上承认了日本侵略者对中国东北和热河的占领,绥东、察北、冀北被确定为日军自由出入区,从而为日本帝国主义吞并整个华北创造了条件。

于双全进入北京大学的时候,偌大的北平,实际上已经放不下一张平静的书桌了。

民国二十四年(1935),日本又向华北发动了新的侵略。

面对日本军国主义被不断撑大的胃口和野心,蒋介石政府依旧选择了屈辱的妥协和退让。

蒋介石政府北平军分会代理委员长何应钦,受命与日本华北驻屯军司令官梅津美治郎谈判。

其实,谈与不谈,结果都早已经注定。

"取消国民党河北省及平、津两市的党部;撤换河北省主席及平、津两市市长;撤退驻河北的国民党中央军和东北军;取缔一切反日活动。"

这就是臭名昭著的《何梅协定》。

哪里还有半点主权国家的尊严!

但是,饶是如此,依旧不能满足日本侵略者的狼子野心。

在控制了河北、察哈尔、北平、天津的主权之后,日本侵略者很快又开始了他们的华北五省"自治运动"。

而自治运动的实质,就是在华北建立第二个伪满洲国。

民族危机空前严重!

中华民族已经到了最危险的时候!

而上层,依旧在沉沦!

地火,只有地火在汹涌地运行!

民国二十四年12月9日,是一个值得载入史册的日子。

这一天,北平各大中学校数千名学生走上街头,举行大规模的反日示威游行。

在凛冽的寒风中,在飞舞的暴雪里,这些热血青年,手拉着手,心连着心,向一切反动势力昭示着:中华民族宁死不屈的精神和决心!

这个时候,走在游行队伍前列的于双全,已经是一名成熟而优秀的共产党员了,也是运动的组织者和领导者之一。

民国二十五年1月,在北平地下党的组织与领导下,北平、天津两地学生500多人,组成"南下扩大宣传团",深入基层,"到工人中去,到农村中去,到士兵中去,到游击战中去,到民间去",同工人、农民等深入结合起来,以真正完成挽救中华民族危亡的任务。

于双全就是在这个时候,被党组织派遣,回到汴泗地区,回到天湖镇,回到他父亲于泗鲲的身边。

昨天,他接到消息,说今天,将有汴泗地方党组织的人到于家庄园和他接头,传达新的工作指示。来人身穿国民革命军上校军服,接头暗号是一副对联,于双全说上联:眼界放开切勿小看自己;对方说下联:鸿沟打破务要学取他人。

从早晨开始,于双全就一直守在庄园的大门口,这是所有来宾进入庄园的必经之地,直到吴乃鸣出现。

6

天井暴动失败后,王耀华其实一直并未离开天井多远。

天湖东岸的鹤山,山多松竹,蔚然深秀。

鹤山得名之由来,一说是由于山形翩翩,远望似一只仙鹤在起舞,故而得名。

一说早年间,山顶有仙人在此炼丹,常驾仙鹤,出没于松林、云间。

松鹤在中国传统文化中,历来被视为祥瑞之兆,时人见之,即名为松鹤山,流传久远,遂成鹤山。

虽是传说,山顶却至今仍有丹炉遗迹。

鹤山多溶洞。

溶洞大小不一,大者深广俱不可测,小者仅容一人居。

大的溶洞内,宽的地方像广场,窄的地方像长廊,钟乳累累,石幔重重,形态各异。有的像卧虎,有的似巨象;有的像石笋,有的似竹林;有的像仙女凌空,有的似老僧入定,莫不晶莹剔透,姿态万千。更兼岩壁险峻,峡谷幽深,泉水飞流,暮霭苍茫,境险景殊,令人叹为观止。

王耀华在天井时,曾经多次悄悄来此,勘探地形,将此视为建立革命根据地用以藏兵或贮藏军需的绝佳之地。

王耀华伤愈离开于家庄园之后,很快又带着天井暴动突围出来的几个同志,悄悄潜伏到鹤山,以鹤山为中心,开展革命活动。

虽然是靠山邻水,生活和工作条件之艰苦,却远非常人想象。住在溶洞里,时间短一点还不觉得什么;时间久了,感觉连骨头里都要渗出水来。而王耀华不但不以为苦,还唱歌,或者作诗,鼓励同志们:"勇者不自悲,窘困且莫哀。饥寒冶韧性,风霜成高材。雷鸣春将至,工农必登台。赤血染大旗,建立苏维埃。"

同志们无不为他的革命乐观主义所折服。

鹤山与塔山、狮虎山连成一线,既是大片的丘陵地区,又在天湖东岸,交通很是不方便,加上暴动失败后,王耀华他们的活动更加谨慎和隐蔽,一时倒也没有再引起李东仪的注意,即使是于泗鲲,也以为王耀华早就离开天井,天高任鸟飞、海阔凭鱼跃去了。

说来也巧,也就是在公元民国二十三年,于成双考入北京大学、远赴北平求学之时,汴泗特委安排王耀华等人放弃鹤山的工作,打入国民革命军新编117师,从事兵运工作。

根据组织安排,王耀华化名吴乃鸣,担任国民革命军新编117师师部上校副官。

民国二十五年春,国民革命军新编117师奉命开拔,前往河南,参与围剿红军。

按原定计划,117师到达河南后,立即发动兵变,发动战场起义,投奔红军。

途经汴水县时,汴泗特委传来指示:鉴于国际国内形势变化,中央红军到达陕北后,通过艰苦的统战工作,在陕北与东北军、西

131

北军实际上已经停止敌对行动,"三位一体"的西北抗日民族统一战线初步形成,为避免给国民党更大刺激,根据中共中央最新指示精神,省委决定:停止国民革命军新编117师兵变计划,蛰伏待机。

汴泗特委同时指示吴乃鸣,要求他利用部队暂住汴水县整修时间,立刻赶赴泗水县天湖镇,以祝贺于泗鲲长子于成文大婚之喜为名,尽快同北平地下党的同志接上关系,就华北局势和汴泗地区下一步工作互相交换意见。

正是这样的背景下,才有了吴乃鸣和于双全在于家庄园、于泗鲲眼皮子底下接头的一幕。

吴乃鸣:"真没有想到北平来的同志会是你。真好啊!年轻,有知识,有能力!汴泗地区复杂的革命形势正需要你这样的同志啊!"

于双全:"能够在您的领导下开展工作,也是我的荣幸。希望您多指导、多帮助我,使我对汴泗地区的情况尽快熟悉起来。"

吴乃鸣:"你放心吧,你的身边有我们的同志,最新的精神会随时传达给你。我就要回部队了,你要保护好自己,把自己隐藏起来。既要保护好你的父亲,又要利用好你父亲的关系,做好汴泗地区的抗日民族统一战线工作。"

吴乃鸣翻身上了马。

吴乃鸣:"我有一个预感,革命的高潮很快就会到来,不久的将来,我们将迎来革命的春天。那时候,天湖边,我们再见。"

第十章

1

于泗鲲陪李东仪喝茶。

胡连升在一旁坐着,如坐针毡。

李东仪:"于公,这个吴乃鸣,真的不是王耀华?"

于泗鲲用三个手指头捏着茶碗盖,轻轻地撇着茶末,眼睑低垂,神情专注。

于泗鲲:"东仪,不是我说你,六年前,你来找我,也是在这里,信誓旦旦,说王耀华就藏匿在我的庄园里,我信了你,让万顺带着家丁,几乎把庄园翻了个底朝天,结果呢,连共产党的一根毛也没找着。今天,我多少年的老家兄弟,不顾戎马倥偬,大老远地跑来给我贺喜,结果又被你们搞上这么一出,连饭也没吃就走了。几十年的兄弟呀,你让我这心里怎么落忍。共产党,共产党,是不是在你们眼里,看谁都像共产党员呀?"

李东仪:"于公莫要生气,是东仪唐突了。东仪给你赔罪。"

于泗鲲:"言重了,东仪。你是县长,我怎么敢受你的赔罪呢?我理解你,你也是为了党国。其实,我今天是护着你,怕你吃亏。现在的兵,还像个兵吗?跟匪差不多。当此戡乱之际,连委员长都得哄着他们,别说你一个县长了。你把他惹毛了,他真敢跟你动粗;他跟你动粗,你一个文官,眼前亏是少不得要吃的;再遇到一个护犊子的长官,怕不得把县政府给你抄了?抄了你都没有地方讲理去。"

李东仪:"是、是,于公见教得是。也是东仪一时没想明白,你说这天底下,怎么就有这么像的人呢?"

于泗鲲:"像,也不像,你没有仔细看。像,是五官像;不像,是神态不像。那个王耀华,在天井时,也曾来拜访我,我没见他,但他的人我倒是见着了,别的不说,真是斯文,教书先生,到底不一样。这个吴乃鸣,言行举止做派都是一股草莽之气,半点斯文也谈不上。老弟呀,你是犯了先入为主的毛病,心里恨王耀华,直接就把他当王耀华了。疏于观察,是因为沉不住气;沉不住气,还算个读书人吗?苏洵说:'泰山崩于前而色不变,麋鹿兴于左而目不瞬,然后可以制利害,可以待敌。'所以老弟呀,要想更上层楼,这读书养气还得多下一点功夫呀。"

李东仪:"姜果然是老的辣呀!东仪受教!受教!"

于泗鲲:"其实我就是个草莽出身,哪里敢说什么读书养性。不过是经历的事情多了,骨子里又好为人师,说得不对的地方,你也不要介意。"

李东仪:"东仪大有胜读十年书之感,岂有介意之理?于公若不嫌麻烦,东仪以后当时常来讨教,还望于公不吝赐教。"

于泗鲲:"好,好。我一定知无不言,言无不尽。"

李东仪见试探不出什么,便有意曲意奉承,惹得于泗鲲谈兴大发,两人一时聊得倒也颇为投机。

胡连升在一旁听得却昏昏欲睡。

好在,于万顺及时上来,午餐已经安排就绪,请于泗鲲等三人下楼用餐。

于泗鲲一行下楼。

于泗鲲边走边问于万顺。

于泗鲲:"都安排妥当了吧?虽说晚宴才是正席,可是午餐也不能马虎。"

于万顺:"都安排妥当了,老爷放心吧。"

于泗鲲:"迎亲的队伍也该回来了吧?派个人去码头看看。"

于万顺:"已经派人去看了,估计这会儿也该到啦。您先吃饭,迎亲队伍一回来,马上禀报您。"

于泗鲲:"这个成文,不是个省心的孩子,可别出什么事才好。"

这句话,于泗鲲没说出口,只是在心里,犯了一点小小的嘀咕。

2

于成文还真不是个省心的孩子。

民国二十三年,于双全考入大学、北上求学之时,于成文已在上海大学毕业,并且开始在银行上班。

本来,按照于泗鲲的计划,于成文大学毕业后,立刻给他和郑秀红完婚,然后送两个人出国,一起继续攻读深造。

这也是民国时期许多官宦人家或者有钱阶层,对子女的普遍规划。

为人父母者,抛开身份、阶级不论,普遍的人性,谁不希望自己的后代过得幸福开心呢?

如果幸福开心,又能光宗耀祖,那自然是好上加好。

真能这样,不仅是给亡妻一个交代——毕竟于成文是她的长子——是她最为疼爱的孩子,也能给自己的救命恩人——郑秀红的父亲——秀才郑士先一个交代了。

可是,不但于成文不接受这样的安排,连郑秀红也不愿意。

郑秀红不愿意,是因为她在父亲去世的时候许过愿,要为父亲守孝三年。不到三年,她不会离开郑家,更不会谈婚论嫁。

于成文不愿意,是因为他实在不想再读书了,他就想留在上海,留在这个五光十色,令人目眩神迷的十里洋场,开启他理想的新生活。大洋彼岸的那个国度,于他而言,太过于遥远而陌生,因而不具有任何的诱惑力。

3

于成文留恋不已的上海,究竟是怎样的一座城市呢?

这个问题太过于宏大,不是一部小说能够叙述清楚的。

还是来听一听那首风靡一时的《夜上海》吧。

> 夜上海,夜上海,
> 你是个不夜城,
> 华灯起
> 车声响
> 歌舞升平。
> 只见她笑脸迎,
> 谁知她内心苦闷,
> 夜生活都为了衣食住行。
> 酒不醉人人自醉,
> 胡天胡地蹉跎了青春,
> 晓色朦胧倦眼惺忪,
> 大家归去,
> 心灵儿随着转动的车轮。

换一换新天地,
别有一个新环境,
回味着夜生活如梦初醒。
酒不醉人人自醉,
胡天胡地蹉跎了青春,
晓色朦胧倦眼惺忪,
大家归去,
心灵儿随着转动的车轮。
换一换新天地,
别有一个新环境,
回味着夜生活如梦初醒。

上海是一座怎样的城市并不要紧,要紧的是它是个不夜城,要紧的是它有华灯起车声响歌舞升平,要紧的是酒不醉人人自醉,要紧的是胡天胡地蹉跎了青春,要紧的是归去后还可以有无穷的回味,要紧的是这样的梦如此令人沉醉最好永远都不要醒过来。

这才是上海滩对于成文的最大诱惑。

在这一点上,于成文和胡连升有着惊人的相似。

外甥打灯笼——照舅。

有人说,这是一句歇后语,它要表达的意思是,事情和原来一样,没有任何变化,"照舅"是"照旧"的谐音。

错了。

照,是相像的意思;"照舅"是"外甥照舅舅"的简称;基于血缘或者基因的关系,外甥在形象、性格等先天方面,和舅舅往往有着惊人的相似(当然也可以没有那么相似,因为也可以遗传父亲的基因比较明显,这里姑且不论);外甥打灯笼,表面上照的是舅舅,实际上映照的却是自己。

于泗鲲一度最担心的事情,就是于成文在成年后变成又一个胡连升。

但是担心有什么用呢?

它最后还是变成了现实。

所以不要担心。

毕竟,于成文在上海滩的"幸福"生活才刚刚开始。

4

银行小职员的工作,是十分辛苦且烦琐的,他们的生活和夜生活不会有半点的联系。

一个简单的吃饭问题,已经足以令他们心力交瘁了。

可是于成文不同,他是于泗鲲的儿子。

于泗鲲是这家银行最大的股东。

尽管这家银行只是一家小银行。

可小银行也是上海滩的小银行呀。

所以为了业务,声色犬马,风花雪月,一样也不能少。

声色犬马,风花雪月,少了谁,也不能少了于成文。

这样的日子里,于成文如鱼得水,过得很是滋润。

他喜欢上了一个舞女,这个舞女知道他的爹是某小银行的大股东之后,表示也很喜欢他。

这就算是两情相悦了。

两情相悦的事情有时候也得凑巧。

然而还有凑巧的事情:这个舞女的干爹,是上海滩青帮赫赫有名的杜老三手下的一个小头目。

凑巧的事情太多,有些事情可能就不那么凑巧了。

有时不但不凑巧,反而会变得很麻烦。

5

青帮是中国历史悠久的帮会,始建于公元1727年,时为清雍正五年,又称清帮,安清帮。

清代漕运发达,从业者众,为维护自身利益,漕运水手秘密结社,以与官方和其他社会组织相沆瀣。

因其徒众皆以漕运为业,故大江南北,加入青帮者甚多。

青帮内部组织严密,规矩甚多,总结起来,有十大、十戒、十要。

所谓十大:

一、不准欺师灭祖;

二、不准藐视前人;

三、不准提闸放水;

四、不准引水代纤;

五、不准江湖乱道;

六、不准扰乱帮规;

七、不准扒灰盗拢;

八、不准奸盗邪淫;

九、不准大小不尊;

十、不准代发收人。

所谓十戒:

自古万恶淫为源,凡事百善孝为先;淫乱无度乱国法,家中十戒淫居前。

帮中虽多英雄汉,慷慨好义其本善;济人之急救人危,打劫杀人帮中怨。

最下之人窃偷盗,上辱祖先下遗羞;家中俱是英俊士,焉能容此败类徒。

四戒邪言并咒语,邪而不正多利己;精神降殃泄己愤,咒己明怨皆不许。

调词架讼耗财多,清家败产受折磨;丧心之人莫甚此,报应昭彰实难活。

得人资财愿人亡,毒药暗杀昧天良;昆虫草木尤可惜,此等之人难进帮。

君子记恩不记仇,假公济私无根由;劝人积德行善事,假正欺人不可留。

休倚安清帮中人,持我之众欺平民;倚众欺寡君须戒,欺压良善骂名存。

三祖之意最为纯,少者安之长者尊;欺骗幼小失祖义,少者焉能敬长尊。

饮酒容易乱精神,吸食毒品最伤身;安清虽不戒烟酒,终宜减免是为尊。

所谓十要:

父母养育恩难言,骨肉情意重如山,自幼教育非容易,孝敬双亲礼当先。

凡事公益要热心,家里义气须长存,三祖传留安清道,仁义礼智信要行。

崇祖拜师孝双亲,师父教训要谨遵,长幼有序人钦敬,当报尊长教育恩。

凡我同参为弟兄,友爱当效手足情,兄弟宽忍须和睦,安清义气传万冬。

夫妇之间要和顺,夫唱妇随实堪钦,妻贤子孝家庭乐,富贵荣华万万春。

和睦乡里胜远亲,近邻老幼须同心,义气联合须久远,百事不受小人侵。

交友有信意要纯,诚实义气却长存,安清仪注牢牢记,周游十方不受贫。

正心常常思己过,修身积善即成佛,阴鸷善事要奉行,牢牢谨记恶莫作。

三祖传留安清道,时行方便为紧要,义气千秋传万古,吃亏容让无穷妙。

老弱饥寒与贫苦,孤独鳏寡身无主,济老怜贫功德重,转生来世必报补。

这些帮规乍一看都是劝人向善,修身养性,忠君爱国,勤俭持家,一派厚朴老成之言。

到了民国,青帮除了势力迅速发展,还融入了新的社会元素,开始勾结军阀政客,开设赌场妓院,乃至贩运毒品,绑票勒索,坐地分赃,无恶不作。

规矩也还讲,有时还更讲究,但要看对象。

对象是谁很重要。

对象不对,敲诈勒索,杀人灭口,那也都是毛毛雨。

6

于成文和两情相悦的舞女正式同居了。

同居之后,于成文才发现,舞女有爹有娘有兄弟,还有干爹和一帮干兄弟。

这么多人,小一点的房子是住不下的,架不住舞女的撒娇,于成文不得已,只好硬着头皮租了一间公馆,这才勉强把一家人安顿下来。

安顿下来之后,接下来的日子,于成文才发现,自己掉进了一个大坑里。

一大家子的衣食住行,吃喝拉撒,全砸在了他的头上。

上海滩不是天湖镇,他那点子工资,哪够开支呢?

以前的花天酒地,不是经理就是襄理带着他,一应开销全由银行兜底。

现在真金白银,全要从他自己的腰包出。

不够,就借。

可是借得多了,也没有人再愿意借给他。

银行的钱是公款,不能借。

私人的钱,谁家不要过日子呢?

何况,于成文这还是个无底洞。

于成文留在上海,不是为了过这样的日子的。

于成文喜欢的是"华灯起车声响歌舞升平",喜欢的是"酒不醉人人自醉",喜欢的是"胡天胡地蹉跎了青春"。

一大家子人凑在一起,整天的柴米油盐酱醋茶,都得他来想办法。

这叫什么事儿?

于成文想想都懊丧得慌。

于成文可以一见钟情,但压根就不是从一而终的主,更何况还有这么大的经济压力。

于成文后悔了。

后悔的于成文渐渐萌生了退意,他想结束这场于他而言噩梦一样的游戏。

可是,请神容易送神难,上海滩的舞女,是他想玩就玩、想丢就丢的吗?

丢人可不是那么容易的。

更何况,这个舞女还有一个青帮的干爹。

7

在于成文之前,在上海滩,有过这样的故事。

一个银行家,请注意,是货真价实的银行家,而不是于成文这样的有花花公子之名而无其实的浑小子。

银行家看中了一个舞女,就租了一个公馆,养起来,作为外室。

没有不透风的墙。

太太知道了。

太太很强势,逼银行家和舞女分手。

银行家没办法,只好和舞女分手。

银行家答应补偿,可是补偿的数字,双方没有谈拢。

反目成仇。

银行家恨舞女见钱眼开,狮子大开口,敲诈勒索。

舞女恨银行家薄情寡义,口是心非,视钱如命。

恨也就罢了,也恨不死人。

可是舞女把这件事告诉了干爹。

干爹是青帮的人。

干爹出面,银行家不买账。

干爹斗不过银行家,就告诉了杜老三,请杜老三出面摆平。

杜老三问:"跟他说了你的青帮身份吗?"

干爹:"说了,没有用。"

杜老三又问:"跟他说了青帮的规矩吗?"

干爹:"也说了,他不听。"

杜老三:"那就好办了,你带几个兄弟,按规矩办吧。"

按规矩办以后几天,黄浦江里出现了一具尸体,正是银行家。

太太报官。

租界的案子,自然由租界的巡捕房管。

洋人素来是不谙中国国情的,案子自然由华人总捕头杜老三管。

杜老三管,这件事就好办了。

死一个就要报官,这还有王法吗?

统统死光,家产充公。

充公多划不来呀,还是中饱私囊吧,也带上洋人。

这样的结果,多好!

没有麻烦,还皆大欢喜。

8

这样的故事,初出茅庐的于成文不可能知道。

但上海滩的金融界、老江湖都知道。

杜老三的口头禅:"按规矩办。你不按规矩办,那就只能按规矩办你。"

这句话,大家都知道。

于泗鲲的银行,用的这些人,也不是吃素的。

可是牵涉到大少爷的性命,谁敢擅自做主?

花钱消灾,倒不是不行,可买公馆,买汽车,这么一大笔钱谁出得起?

就算大家义气,凑钱买了公馆,买了汽车,那个舞女肚子里的孩子算谁的?

人家可是放出话来:生是于家的人,死是于家的鬼;肚子里的孩子是于家的种,于家要是不怕丢人,我们也没有什么好怕的;他于家有钱,我们有种!

话说到这个份上,已经没有转圜的余地了。

于成文呢,自然不能再露面了,几个老兄弟把他关在银行的金库里,二十四小时荷枪实弹看着他,以免有任何意外。

但是瞒也是瞒不下去了。

只能立刻给天湖镇拍电报,把情况如实告知于泗鲲,请于泗鲲即刻赴沪,寻求解决此事的办法。

9

于泗鲲接到电报,不敢有半点的耽误,立刻安排车辆,赶往上海。

于泗鲲恨得牙痒痒的,心里一千个一万个不愿意去。

"就让他们弄死这个不争气的东西算了!"

心里这样发狠,行动上却一点不敢怠慢,唯恐迟到一步,后悔莫及。

是虎毒不食子呢?

还是可怜天下父母心?

全都不管了,先把这个不争气的东西平安地带回来再说吧。

到了上海,于泗鲲先递上帖子,拜访杜三爷。

和帖子一起递上去的,还有两斤上好的烟土,六根"大黄鱼"。

杜老三一开始并没把于泗鲲当回事。

过气的军阀和政客,上海滩多了去了。

一个曾经的、小小的镇守使,他杜老三该用哪只眼睛看他呢?

可是一了解,杜老三立刻对于泗鲲肃然起敬了。

于泗鲲是老同盟会会员,他加入同盟会的介绍人是陶成章。

于泗鲲是青帮中人,论辈分,比杜老三还长两辈,是他师祖级的人物。

于泗鲲虽然早已退隐,影响力却丝毫不减当年,手下兄弟几千人,依旧是振臂一呼应者云集的人物。

于泗鲲是远近闻名的工商业者兼大地主,家有良田千顷,工商业所涉及领域,包括金融业、纺织业、酿酒、粮行等诸般行当。

于泗鲲为人侠肝义胆,豪气干云,极有担当。

在杜老三眼里,这是个讲究的人。

杜老三:"对讲究的人,就要更讲究,这也是规矩。"

这是杜老三的做人的规矩。

不把于泗鲲当回事,是因为不了解于泗鲲。

了解了于泗鲲,杜老三立刻出来,亲自迎接,把于泗鲲恭恭敬敬请到贵宾厅就座。

同时派出小弟,招呼舞女的干爹,速来杜府,有事要谈。

杜老三陪于泗鲲喝茶,谈青帮旧事,谈沪上奇闻,就是不谈舞女之事。

于泗鲲心里焦急,却丝毫也不表现出来,陪着杜老三谈笑风生。

不多会儿,舞女的干爹来到,杜老三把他唤进来,也不让座,也不介绍于泗鲲,开门见山,就问舞女的事情,显然事情的前因后果早已十分了然了。

杜老三:"真怀上了?"

干爹:"没有,假的。"

杜老三:"真爱上了?"

干爹:"也没有,骗他的。"

杜老三:"那就结了吧,这是两根'大黄鱼',拿回去压压惊,算了。别看人家有点钱,就尽打歪主意。人家的钱,也是辛辛苦苦挣来的,不是大水淌来的。听明白了吗?"

干爹:"听明白了,三爷。"

是真听明白了。

再不明白,扔进黄浦江的就是舞女了。

一场性命攸关的大事,因着杜三爷云淡风轻的几句话,就此烟消云散。

然而事情还不算完。

杜老三拿起那剩下的四根大黄鱼。

杜老三:"依着青帮过去的规矩,我得尊您一声祖师爷。现在是民国了,也没那么多规矩了。两斤烟土,我就斗胆收下了;给您备了回礼,待会管家送到您府上。这六根'大黄鱼',我帮您赏了两根,这剩下的四根,我是万万不敢收的,还请您收回。至于贵公子,自己人,冒犯说一句,风月场合,还是少去为佳。"

"还少去为佳,也太客气了。他要是敢再去,我打断他的腿。"

"其实也没必要,干脆带回天湖,一切问题就都解决了。"

"以后就待在天湖,把婚结了,哪儿也别想去了。"

第十一章

1

阳春三月,杂花生树,群莺乱飞,正是天湖一年之中最美的季节。

坐在前往郑家渡迎亲的大船上的于成文,却无动于衷,无精打采,昏昏欲睡。

从上海被于泗鲲强行带回天湖的这一段时间,他一直就是这样,像霜打的茄子一样,蔫了吧唧的,提不起半点精神来。

他太不愿意离开上海了。

早知道会被带回天湖,还不如和那个舞女结婚算了呢。

至少还能闻着一点腥味。

现在倒好,要和一个乡下的村姑成亲了。

剩下的日子,他都懒得去想。

守着一个大宅子,生下一群孩子。

有什么好想的?

一想就头疼得厉害!

2

郑家渡,郑秀红家。

还是那个地方,还是那个院子。

房子当年被清兵烧了,一直就没有再盖。

一个人,土地庙也可以安身;读书人,哪里都可以立命。

直到于泗鲲归隐天湖,郑士先等女儿考取了省立女子高等师范学校,也辞去了教职,孑然一身回到郑家渡,这才在于泗鲲的资助下,将房子重新盖起来,青砖灰瓦,十几间房子,在这个小渔村里,倒也颇有气势。

低矮的、破旧不堪的土墙也拆了,用石头砌起两米多高的围墙。

又盖房子,又拉围墙,不为别的,是要重操旧业,把郑家渡公益学堂办起来。

郑秀红从省立女子高等师范学校毕业后,没有留在省城,也没有留在泗水县城,而是回到了郑家渡,一边陪伴父亲,一边和父亲一起打理公益学堂的事情。

郑士先去世后,郑秀红更是哪里都不愿意去了,一边为父亲守孝,一边独自挑起办学的担子。

其间,舅舅胡连升和姨父于泗鲲都请她或到泗水县城和舅舅住在一起,或到天湖镇姨父家,都被她婉言谢绝了。

舅舅家花天酒地,她看不惯。

姨父家高墙大院,她住不惯。

还是父亲建的这个院子,让她住得心里踏实。

院子里有两棵树,都是老树了。

一颗是枣树。

枣树开花的时候,正是初夏时节。月儿圆的晚上,坐在枣树下,听夏虫的鸣叫,看枣花,像夜空中的点点繁星。

一颗是石榴树。

石榴树枝繁叶茂,蓬蓬如盖。

石榴树的花期和枣花差不多,但性格却迥然不同。

枣花内敛、含蓄、朴实,像个沉静的少女。

石榴花则热烈、奔放、多情,那火红的花瓣儿从小小的、玲珑剔透的宝葫芦似的骨朵里争先恐后地钻出来,你不让我,我不让你,一团团,一簇簇,一丛丛,在大片绿色的掩映下,在夏日微风的轻抚中,焰火似的,尽情燃烧着。

据说,唐代的妇女,对裙子特别钟情,式样繁多,争奇斗艳。而诸多款式中,又极为青睐石榴裙。

　　石榴花发街欲焚,
　　蟠枝屈朵皆崩云。
　　千门万户买不尽,
　　剩将女儿染红裙。

而武则天一首《如意娘》更是将石榴裙推向极致。

　　看朱成碧思纷纷,
　　憔悴支离为忆君。
　　不信比来长下泪,
　　开箱验取石榴裙。

石榴裙成为坚贞爱情的见证,石榴花也就理所当然成为爱情的象征。

郑秀红并没有想那么多。

她喜欢枣花,也喜欢石榴花,喜欢它们的原因,是因为这两棵树都是父亲亲手种的,是父亲留给她的念想。

"哀哀父母,生我劬劳。"

"维桑与梓,必恭敬止。"

如此而已。

白天,有孩子们的欢笑,和琅琅的读书声。

到了晚上,一切沉寂下来,读书、备课也并不感到孤单落寞。

3

迎亲的锣鼓敲响在郑家渡的时候,小渔村沸腾了。

这个仅有几十户人家的小村子,无论男女老幼,全都从公益学堂里拥出来,欢迎接亲的队伍。

今天是上巳节,他们本该去天湖岸边,尽情地狂欢,戏水,以祓除不祥。

年轻的姑娘和小伙子,去见他们日思夜想的心上人。

可是因为郑秀红的婚礼,他们选择待在了渔村,聚集在学堂里,守候在郑秀红的身边,寸步不离。

郑秀红是郑秀才和胡莲翠的女儿,也是这个小渔村的女儿。

女儿要出嫁了,郑秀才和胡莲翠去了另一个世界,不能守在女儿身边,看着她出嫁。

小渔村的人们不会让女儿就这么孤孤单单地嫁出去,他们要风风光光、热热闹闹,甚至轰轰烈烈地把女儿嫁出去,绝不让她感到一丝一毫的冷落和委屈。

小渔村的人们是贫穷的,可是却绝不吝啬;岂止不吝啬呢,简直就是慷慨。

东家一点,西家一点,但凡能拿出手的钱和物,莫不倾其所有,尽其所能,只为给郑秀红办一份看起来不显得寒碜的嫁妆。

一套大红的礼服,石榴裙和上衣都绣着精美的彩凤。

凤冠霞帔自然是少不了的。

一对玉镯,一对银镯子,两只银耳环,两个银戒指,一个银项圈,专门派了人去苏州的老作坊,请有名的匠人定制的。

镯子向内的一面,不仅刻有新郎、新娘的名字,还有"永结同心"四个字。

六个樟木箱子,大红的油漆,也是描龙画凤。

六床被子,棉絮是去年秋天收获的自家种的棉花,特意留下来的;被里是青岛于家纱厂出产的白洋布,被面是苏绣龙凤呈祥的锦缎。

郑秀红太了解小渔村父老乡亲生活的艰辛和不易了,她非常乐意接受他们对她的这份爱,却不愿意因为自己的婚礼而增加他们的负担,她百般推托,她坚决拒绝,可是没有用,一点用都没有。

"不值什么钱,就是一点心意。"

"你不要,我们心里会难过的。"

小渔村的父老乡亲们不会说话,郑秀红一遍又一遍地推托和拒绝,他们就一遍又一遍地反复说着这样的两句话。

是的,乡亲们说的是实话:都不是什么值钱的东西。

可是,在郑秀红的心里,却比什么东西都值钱。

4

喜庆的船队,不急不缓,行驶在浩渺的、一望无际的湖面上。

正午的阳光明媚而热烈,照得人浑身暖洋洋的,说不出的惬意。

困意可着劲儿,一波又一波袭来,令人招架不住。
这会儿可不是睡觉的时候。
那可怎么办呢?
唱歌吧。
唱什么?
唱《五只小船》。
小船上的艄公唱女声。
大船上的艄公和男声。
女:"一只呀的那个小船过江东呀,
又装的萝卜,
又个装的葱,
我就又装个女花容呀。
哎哎嗨哟,
我就又装个女花容呀。"
男:"小呀小妹妹。"
女:"哎,小呀小哥哥。"
男:"什么叫作萝卜?
什么叫作葱?
什么叫作女花容呀?"
女:"小呀小哥哥。"
男:"哎,小呀小妹妹。"
女:"红的是萝卜,
白的是个葱,
妹妹就是个女花容呀。"
男:"两只呀的那个小船过江西呀,
又装的鸭子,

又个装的鸡,
我就又装个好东西呀。
哎哎嗨哟,
我就又装个好东西呀。"
女:"小呀小哥哥。"
男:"哎,小呀小妹妹。"
女:"什么叫作鸭子?
什么叫作鸡?
什么叫作好东西呀?"
男:"小呀小妹妹。"
女:"哎,小呀小哥哥。"
男:"扁嘴是个鸭子,
尖嘴是个鸡,
妹妹就是个好东西呀。"
女:"三只呀那个小船过江南呀,
又装的银子,
又个装的钱,
我就又装个小金莲呀。"
男:"小呀小妹妹。"
女:"哎,小呀小哥哥。"
男:"什么叫作银子?
什么叫作钱?
什么叫作小金莲呀?"
女:"小呀小哥哥。"
男:"哎,小呀小妹妹。"
女:"白的是银子,

花的是个钱,

妹妹就是个小金莲呀。"

男:"四只呀的那个小船过江北呀,

又装的豆子,

又个装的麦,

我就又装个好宝贝呀。"

女:"小呀小哥哥。"

男:"哎,小呀小妹妹。"

女:"什么叫作豆子?

什么叫作麦?

什么叫作好宝贝呀?"

男:"大的是豆子,

小的是个麦,

妹妹就是个好宝贝呀。"

男声,女声,船队中所有会唱的声音,全都一起唱起来。

众人(合):"五只呀的那个小船呀,

漂呀漂四方呀,

我和我的哥哥(妹妹)情意长,

我就情深意又长呀。

哎哎嗨哟,

我和哥哥(妹妹)情意长呀。"

女声(合):"小呀小哥哥。"

男声(合):"哎,小呀小妹妹。"

男声(合):"小呀小妹妹。"

女声(合):"哎,小呀小哥哥。"

众人(合):"我和我的哥哥(妹妹)到百年,

情深意又长呀。
我和我的哥哥(妹妹)到百年,
情深意又长呀,
情深意又长。"

5

于成文和郑秀红一起坐在大船的甲板上,看湖水烟波浩渺,听民歌余音袅袅。

于成文曾经不喜欢民歌的质朴爽朗,觉得太俗,上不了台面。在见到郑秀红以前,他喜欢的还是上海滩。

一想到那种暧昧的、妖冶的、放荡的、奢靡的、慵懒的气氛,一想到暗蓝色的烟雾从烈焰红唇中魔幻似的变换出种种妖魔鬼怪的形状,一想到那白白的、嫩嫩的大腿在裹得紧紧的旗袍的开衩间若隐若现的诱惑,他都会忍不住意乱情迷起来。

像封闭得死死的房间里,若有若无的幽暗的灯光中,野玫瑰的紫纠缠着夜来香的白。

他愿意为此死上一千回,一万回。

直到在郑家渡,在公益学堂,他抱着大雁,见到好久不见、盛装却素颜的郑秀红。

于成文愣住了,连大雁从他的怀里滑落也浑然不觉。

这是他的表妹吗?

这是他记忆里的那个怯懦的村姑吗?

不,这分明是瑶池里那一株刚刚绽放的芙蓉,花瓣上还滚动着几颗晶莹的露珠。

这究竟是谁啊?

竟然如此明艳!

　　翩若惊鸿,
　　婉若游龙,
　　荣曜秋菊,
　　华茂春松,
　　仿佛兮若轻云之蔽月,
　　飘摇兮若流风之回雪。
　　远而望之,皎若太阳升朝霞;
　　迫而察之,灼若芙蕖出渌波。

原来曹子建真的没有撒谎。

原来这世上真的有洛神。

仿佛醍醐灌顶一般,他的心一瞬间变得澄澈明净起来,过去那个荒唐的、猥琐的、纵情于声色犬马的于成文彻底消失不见了,取而代之的,是一个"面若中秋之月,色如春晓之花,鬓若刀裁,眉如墨画,面如桃瓣,目若秋波"的美玉一般温润的年轻人。

藏在心底最深处的记忆被打开了,儿时的往事一下子全都跳出来,那样清晰而又亲昵地站在他的面前。

他小时候出疹子,不能出去,也不能见陌生人,是郑秀红寸步不离陪着他,度过那段难挨的时光。

春天的院子里,桃花红李花白,他淘气攀上树去摘花,却不小心被蜜蜂给蜇到额头,疼得从树上摔下来,是郑秀红匆匆地跑着为他采来新鲜的马齿苋,揉碎了敷在他的额头上。

　　妾发初覆额,折花门前剧。

郎骑竹马来,绕床弄青梅。
　　同居长干里,两小无猜疑。

这是他的小妹妹,他的小金莲,他的好宝贝呀!
什么时候,他竟迷失了自己呢?
好在,又回来了。
真的应该感恩父亲呢!
　船头,两只大雁互相依偎着,长长的脖颈交缠在一起,在温暖的阳光下,睡得正香。
　于成文转头,看着郑秀红。

　　转眄流精,光润玉颜。
　　含辞未吐,气若幽兰。

　于成文情不能自已,轻轻地拿住郑秀红的手,捧到胸前,紧紧地握着。

第十二章

1

船过芦苇荡。

芦苇荡是天湖中最为险要的一处地方。

因长年无人收割,目之所及,皆是芦苇。

老的芦苇已经发黄、发枯,却依旧不肯倒下,密密地直立在湖水里,伸出湖面的部分高近两米,像一层又一层屏障。

而新的芦苇也渐次吐绿绽放。

枯黄与新绿的参差交错,越发衬托出这段湖面的诡异来。

这段湖面,常常会有剪径的土匪出没。

但今天不怕。

今天是于泗鲲家办喜事。

在天湖,乃至在整个汴泗,有谁不知道于泗鲲呢?

有哪家土匪吃了豹子胆,敢打于泗鲲的主意呢?

天湖剪径的土匪都是小股,三五成群的,最多十几个人,甚至还有跑单帮的。

土匪的来源多是天湖周边走投无路的渔民,不得已才铤而走险的。

手里的家伙也很简陋,最好的是快枪;差一点的是铳子;再差的也有,就是捕鱼用的钢叉,原来对付鱼儿,现在不加一点改造地拿过来,抢劫。

抢劫的对象多是落单的外地客商。

抢劫的目的在于劫财,要钱不要命。

偶尔也会杀人灭口,财色兼收。

但今天这种阵势,足以令他们望而却步。

两条大船,六条小船。

两条大船,一船锣鼓,一船新郎新娘和迎亲、送亲的队伍。

六条小船,前后三条,把两条大船护在中间。

每条小船上五个人,一个艄公,四个荷枪实弹的家丁。

枪是一色的快枪,黑黑的枪管透着冷森森的气息。

本来,胡连升还打算派一队水警,开一艘小火轮压阵,被于泗鲲婉言谢绝了。

一则,于泗鲲不愿意太招摇。

二则,军队是国之干城,警察的性质也差不多。而婚礼是私事,私人的事情怎么好动用警察的力量呢?

24个人,24杆枪,在天湖,应该足够应付了。

办这种事情,于万顺还是经验非常丰富的。

不过,话虽如此,还是要小心。

不怕一万,就怕万一。

小心方能驶得万年船。

"都给我听好了,握枪在手,子弹上膛!"

"招子都放亮一点,好好戒备着!"

走在最前面的第一条小船上,队长站在船头,一边大声招呼着,一边端起枪,警惕地睁大了眼睛,往两边望。

眼看着还有一百多米就要驶出芦苇荡了,队长一直悬着的心这才落下来,暗自吁了一口气,浑身上下轻松了不少。

忽然,芦苇荡中传出一声尖厉的口哨声。

哨音未落,七八条快船从芦苇荡中钻出来,一个转头,肩并肩排开,霎时将水道堵了个严严实实。

"不好!"

队长心里一声惊呼。

回头看去,从后面的芦苇荡中也钻出七八条快船,肩并肩排开,将退路堵了个严严实实。

迎亲的船队被包围了。

2

迎亲的船队被包围了。

队长反而不慌了。

队长:"朋友,哪股道上的?报个万儿!"

土匪:"你就甭管那么多了!把枪放下,饶你不死!"

队长:"朋友,我们是于泗鲲于老爷府上的,请朋友让个道,改日定当重谢!"

土匪:"知道你们是于泗鲲府上的,不冲着于泗鲲,我们还不来呢!谢就不必了,把人留下,拿钱来取,公平交易。"

队长:"朋友,我倒愿意,怕我手中的枪不答应呀!"

土匪不再说话,哈哈一笑。

笑声刚结束,又是一声口哨,短促而尖厉。

土匪快船船头的钢板后面,立刻喷射出一团火焰。

突突突突突突突……

是机枪沉闷的射击声。

子弹打在水面,溅起高高的浪花。

队长的脸色一下子变得土灰。

"完了!"

不是天湖的土匪。

天湖的土匪不可能有如此精良的装备。

打,是不可能了!

大公子和新媳妇在船上,他也不敢冒这个险!投鼠忌器!万一有个闪失,可不是闹着玩的!

可是,不打,又怎么办?

难道就这样束手就擒吗?

3

队长的判断是准确的。

这帮土匪的确不是天湖的土匪。

他们是苏鲁两省交界处骆马湖的土匪,顺着泗水南下,来到天湖的。

为什么会从骆马湖来到天湖?

和一个人有关。

谁?

韩复榘。

民国十九年9月,韩复榘任山东省政府主席,主政山东。

韩复榘主政山东以后,主要做了两件事情:一是"乡村建设运动",一是肃匪。

梁漱溟,中国现代新儒家早期代表人物,中国"乡村建设运动"发起者。

梁漱溟先生认为:中国民族自救运动曾经走过两条路,一条是往西走,一条是俄国共产党发明的路。

往西走的路,是欧洲近代民主政治的路,实践证明:走不通。

俄国共产党发明的路,因为中国"只有一行一行不同的职业,而没有两面对立的阶级","没有革命的对象,只有建设的对象",因而也走不通。

两条路都走不通,那怎么办呢?

好办。

根据中国的实际,走第三条路。

中国的实际,问题在哪里呢?

梁漱溟先生认为:在于文化失调。

出路:改造文化,民族自救。

路径:"社会中的知识分子与乡村居民一起",从开展乡村自救运动入手,以"重建中国社会构造"。

韩复榘作为一个军阀,虽然粗鲁蛮横,反复无常,草菅人命,对梁漱溟却是非常佩服。

佩服到什么程度呢?

佩服到一见如故,毕恭毕敬,乃至"以师礼事之"。

韩复榘主政山东,提出要"澄清吏治""根本清乡""严禁毒品""普及教育"。

韩复榘说:"军队需要整理,不整理早晚要垮;政治也需要改革,不改革也是早晚要垮的。"

韩复榘又说:"我不会改革,请梁先生帮我们改革吧。"

改革需要一个相对稳定的政治环境。

而韩复榘主政山东时,政治环境又是怎样的呢?

自北洋军阀政府成立,到韩复榘主政山东之时,山东境内,匪患已经严重威胁地方治安,扰乱社会秩序。

民国二十三年 6 月,天津大沽口外,竟发生"顺天轮"被劫案,船上有美国人、日本人等外国人,以及曾任北洋政府内政总长的孙丹林等近 20 人。消息传出,国际、国内舆论哗然。而劫匪竟然就来自山东沾化。

由此可见,不独百姓深受匪患之苦,达官贵人、国际名流亦不能幸免。

剿匪确为当务之急。

不剿匪,于国际舆论无法交代。

不剿匪,于国民政府无法交代。

不剿匪,于乡村自治运动亦无法交代。

可是,怎么剿?

历来剿匪,无非两途:真剿与假剿。

真剿又有两途:剿与抚。

剿,就要派重兵、精兵,真刀真枪地杀伐。

韩复榘一开始就是这么干的。

的确有效果。

而且效果很明显。

可是军火、兵员,损失有点大。

那就抚。

抚,也麻烦。

土匪毕竟是土匪。

有奶才是娘。

没有奶就不是娘。

奶少了也不是娘。

所以抚而又叛的事情经常发生。

也让人头疼。

那有没有两全其美的办法呢?

有。

假剿。

围住三面。

重兵、精兵全都压上去。

迫击炮、重机枪,一起招呼。

网开一面,让他跑。

跑了不算,还得追。

追到离山东足够远,追到土匪吓破了胆,一年半载、三年五载都不敢再回来,才算完。

至于赶到别的地方会怎么样,那就跟山东、跟韩复榘没有半点关系了。

天湖的土匪就是这么来的。

在山东,也不算顶厉害;到了天湖,就成了厉害的角色。

第一个目标居然就是于泗鲲。

4

就这样放下枪,也太窝囊了吧?

可是,队长刚想举起枪,胳膊还没抬起来。

砰!

一颗子弹飞过来,打在他的手腕上。

手里的快枪应声而落,悄无声息地沉了下去。

队长如此,其他人再也不敢轻举妄动,乖乖地按照土匪的吩咐,放下枪,举起手,蹲在船头。

土匪们逼上来,把枪收起,把人全都拢到了大船上,拿出一捆绳子来,拴蚂蚱一样拴成长长的一串,勒令他们围成一个圈,蹲下来。

刚才和队长你一言我一语搭话的,是这帮土匪的大当家,真名不详,江湖人称李疤头。

打中队长手腕的,是这帮土匪的二当家,真名也不详,江湖人称郭四。

这会儿,大当家李疤头和二当家郭四,身后跟着几个土匪,上到大船上来。

两只大雁已经醒过来,不知道船上发生了什么事情,眨巴着小眼睛发呆。

郭四看到大雁,眼里放出光来。

郭四:"哟,大雁。正好打打牙祭。"

说着,抬手就是一枪,打中了雄雁。

雄雁身子一歪,倒在了雌雁旁边,血顺着伤口流了出来,浸湿了羽毛。

雌雁不相信眼前这突如其来的一幕,低下头去啄雄雁。

雄雁一动不动。

雌雁昂起头,一声悲鸣。

雌雁不顾双脚被缚着,扑棱着翅膀,凶恶地扑向郭四。

郭四抬手又是一枪。

雌雁也倒在了血泊中。

"畜生!"

郑秀红恨恨地大声骂道。

骂声引起了郭四的注意。

郭四回过头来。

郭四:"哟,新娘子!"

郭四满脸不怀好意地向郑秀红走过来。

于成文紧张地盯着郭四。

郭四伸手抬起郑秀红的下巴。

郭四:"哟,这么俊的新娘子,爷还是第一次见。"

郭四回过头,冲手下的兄弟一乐。

猝不及防地,郭四被郑秀红一口唾沫,结结实实地啐在脸上。

郭四伸手在脸上一抹。

郭四不怒反笑。

郭四:"好!小娘儿们,有性格!爷喜欢!"

郭四说着,给郑秀红解开绑手的绳子。

郑秀红双手获得自由,一抬手就要扇过去,却被早有防备的郭四一把抓住手腕,就势带到怀里,一用劲,郭四竟然把郑秀红抱了起来。

郑秀红还要挣扎,却哪里还挣扎得动!

郑秀红满脸绯红,心里又羞又急,双唇哆嗦着,却连话也说不出来了。

郭四继续轻薄。

郭四:"小娘儿们,别急呀!今儿个让你乐个够!"

郭四说着,抱着郑秀红就要进船舱。

众人都愣住了,一时不知如何是好。

于成文眼睛都红了,趁着郭四不注意,猛地蹿起来,一头撞在郭四的小肚子上。

由于于成文用力太猛,拴在一起的几个人,都被他带得仰躺在甲板上。

郭四正得意间,不提防被于成文猛力地一撞,一下子摔倒在甲板上。

郑秀红也被甩在一边。

郭四大怒,爬起来,掏出枪,对着于成文就要开枪。

说时迟,那时快,一声清脆的枪响。

郑秀红吓得闭上了眼睛。

却听当啷一声,郭四的手枪掉在了甲板上。

大当家李疤头把枪插回到腰里。

李疤头:"老二,你闹够了没有?好容易逮住的一条大鱼,你要是把10万大洋给我闹没了,后面的日子,我让弟兄们把你给煮了吃?"

郭四嗫嚅着:"大、大哥。"

李疤头:"滚!"

郭四讪讪地走开。

走不了几步,郭四突然又回转身来,疾步走到于成文跟前,照着于成文的两腿间,狠狠地踢过去。

于成文一声惨叫,倒在地上,来回打滚。

郑秀红连忙扑在于成文身上,紧紧地抱住于成文。

队长和他的手下不干了,他们站起来,向郭四一步步逼过去。

李疤头对着天上砰砰就是两枪。

土匪们也把枪推上膛,对准了队长和他的弟兄们。

眼看事情要闹到不可收拾。

李疤头一个箭步跨到郭四跟前,抡圆了胳膊,照着郭四的脸上就是两记响亮的耳光。

李疤头破口大骂:"你非得把事情搞砸才开心吗?浑蛋!废物!蠢货!滚!滚!"

郭四恶狠狠地盯着李疤头。

李疤头的手按在枪上。

半晌,郭四闷闷地哼了一声,转身下到快船上去了。

李疤头对着手下的几个土匪交代。

李疤头:"都给我赶到船舱里,谁也不许出来。敢闹事的,就地格杀勿论!你们几个给我把好了,没有我的命令,谁也不许靠近这船舱半步!"

土匪们举着枪,把人往船舱里赶。

郑秀红扶着于成双,也往船舱里走。

李疤头:"那个队长,你站住,我有话说。"

队长站住。

李疤头示意手下把队长手上的绳子解开。

李疤头:"你不要留在这里了。总得有个人回去给你们于老爷报个信。三天之后,还是这个时辰,还在这里,芦苇滩,带上10万大洋,来赎人。不要耍花样。敢耍花样,就等着收尸吧。三天,记住了,过时不候!听明白了吗?"

队长:"听明白了。"

李疤头:"可是,也不能让你就这么回去,显得我们做土匪的一点没有规矩。"

李疤头说着,走到队长身边,从腰里掏出一把尖刀。

队长还没明白怎么回事,一只耳朵已经被割了下来。

队长惨叫一声,捂住耳朵。

李疤头:"把他扔到小船上,让他滚。"

第十三章

1

　　队长回到于家庄园的时候,已经将近黄昏,于泗鲲正等得心急。

　　队长没有敢从正门进庄园,而是从天湖通过天湖与庄园壕沟之间的节制闸进入庄园壕沟,把小船停在东门口,从东门口进入庄园的。

　　见到队长满脸的血迹,和脸上耳朵被割掉的刀痕,于泗鲲什么都明白了。

　　简明扼要地问了情况之后,他立即让人把队长带下去包扎伤口,安排善后事宜。

　　于万顺不知道说什么才好,只是在心里一遍又一遍地责骂自己。

　　总是自己没有把事情安排好,才惹出这么大麻烦。

　　一辈子,大风大浪见得也不算少了,偏偏这个时候,在家门口,在阴沟里,硬是把船弄翻了。

　　大少爷和郑秀红如果有个什么不测,他还有什么理由活在世上!

　　于泗鲲:"你也不要太过自责,这件事情责任并不在你,谁也想不到的事情嘛。"

到底是一起多少年的老兄弟了,于泗鲲一眼就看穿了于万顺的心思。

于泗鲲:"现在不是自责的时候,也不是难过的时候,要想办法补救。"

首先要补救的,就是眼下,这场迫在眉睫的婚礼。

既要让婚礼如期正常地举行,又要严密封锁消息,防止消息泄露出去,一方面造成不必要的恐慌,另一方面给一些别有用心的人以可乘之机。

2

同牢和合卺是婚礼中的最后两个环节,也是婚礼中最为重要的部分,是婚礼的高潮。

所谓同牢,在古代,是指猪牛羊等大菜,参加婚宴的亲友每人一份,新郎和新娘则共享一份。

因为古代帝王或者诸侯在祭祀时所用的牛羊猪(太牢)或羊猪(少劳),在举行祭祀的仪式前,需要先在圈里喂养,所以后来就把用作祭祀的牛羊猪等牲畜称为"牢"。

礼仪流传到民间,同牢就是同吃一碗肉,有夫妻同甘共苦的意思。

所谓合卺,就是把一个葫芦破开成两半,以为酒器,新郎、新娘各执一半,象征着合体,有同尊卑、共荣辱之意。

合卺之后,就要把新郎新娘送入洞房,宴席结束。剩下的时间,春宵一刻值千金,就交给新郎、新娘独处好了。

现在,一众宾客翘首以盼的正是同牢和合卺。

却偏偏出了这样的事情!

该怎么办呢?

3

于泗鲲到底是在大风大浪里闯荡过的人,他很快就有了主意。

于双全文质彬彬,和大哥于成文在仪态上很相似。

两个人的身高也相差不大,容貌更是酷似,都像极了他们的母亲胡连芳。

两个人在家的日子都不多。

于成文在县城读的小学,在省城读的初中和高中,在上海读的大学,大学毕业以后就在上海工作,回到家乡没多久。

于双全在县城读的小学,在省城读的初中和高中,在北平读的大学,也刚刚回到家乡不久。

因此,亲友对他们并不是很熟悉。

而昏黄的灯光下,即使是熟悉的亲友,也很难看出他们兄弟之间的区别。

让于双全穿上新郎的长袍马褂,戴上一顶礼帽,系上一朵红绸子扎就的大红花,冒充于成文,扮演新郎,是完全没有问题的。

至于郑秀红,且不说她常年和父亲郑士先在郑家渡生活,素不为大家所熟悉;即便熟悉,凤冠霞帔一穿,大红盖头一遮,除了入洞房以后,新郎揭开盖头,才能知晓新娘的庐山真面目,婚宴上,谁知道大红盖头底下究竟是谁?

从庄园里的女佣中找一个身材苗条的丫头,打扮成新娘,瞒天过海,也不是不可以。

至于路径,也好办。

队长回来报信,不就没走正门吗?

那就也这么办。

一条带篷子的小船，把假新郎、假新娘从东门通过庄园壕沟和天湖之间的节制闸送入天湖，再从天湖送到天湖镇上天湖岸边的大码头。

这个时候，参加三月三踏青聚会的人们早已散去，而天湖镇上的居民，不是聚集在庄园里等着宴席开始，便是围在戏台边，大唪子泗州戏正唱得热闹。所以，天湖边，码头上，不会有什么人，正好方便假新郎、假新娘上岸。

庄园这边，安排好轿子，小船一动，轿子就走，到码头上去等着。假新娘一下船，立刻上轿子，抬回庄园。

锣鼓肯定是来不及找了。

再说，即使能找到，上午的三月三，就有舞狮子的一班锣鼓，也不能找。

不是庄园里的人，容易走漏消息。

任何事情都不可能十全十美。

大的上面没有设计问题，细节上面没有纰漏，就可以了。

就这么办吧。

立刻安排下去，分头行动起来。

再迟，可就真来不及了。

4

婚礼顺利地完成，没有露出任何破绽。

这样的结果，让于泗鲲很满意。

第一关，总算圆满地混过去了。

李东仪明天还有公务要处理，晚上必须赶回泗水县城。

于泗鲲让于万顺安排,用自己的汽车送李东仪回城。

为了安全,把胡连升带来的几个警察,也安排骑马跟在汽车后面,保护李东仪。

胡连升则被留了下来。

庄园大门口,官道上,汽车停在路边,等李东仪。

车灯开着,雪亮的灯光刺破黑暗,射到很远的地方。

于泗鲲把李东仪送出大门,送上车。

于泗鲲:"东仪呀,招待不周,多多包涵!"

李东仪:"于公留步!留步!今日多有叨扰!下一次再来,该喝令公子的'早生贵子'酒了。"

于泗鲲:"借你吉言!慢走!"又嘱咐司机,一路注意安全,晚上就宿在县城,明日一早再回来。

送走李东仪及一干宾朋,于泗鲲脸上一直挂着的热情的笑容不见了,他的脸瞬间阴沉下来。

于泗鲲:"万顺、连升,喊上双成、成武,到我房间议事。"

5

于泗鲲的房间里,除了于成武,该到的都到齐了。

于万顺:"到处都找了,没找到这小子。"

于泗鲲:"算了,不找他了。成事不足败事有余的东西!真有事,你能指望他什么?"

于泗鲲:"时间紧,任务重,长话短说吧。"

于泗鲲给大家交代接下来的任务。

第一个任务:依然要严密封锁消息,绝不能走漏半点风声。

于泗鲲:"庄园上上下下,不知道的就不要说了;已经知道的,招呼打下去,管好自己的嘴,但凡走漏半点风声,查出来,立刻打死,绝不留情。"

第二个任务:迅速摸清这帮匪徒的家底。

青岛的棉纱、双沟的酒、上海的金融商贸,哪一样都离不开天湖这条重要的交通线。今天被绑票,明天说不定就会有比这更严重的事情发生。

因此,当务之急,是摸清这帮土匪的家底:从哪过来的?有多少人?为什么会来到天湖?是流窜作案,还是打算在天湖扎根?活动规律是什么?有没有固定的宿营地?和当地零星的水匪有没有勾结?有没有官匪勾结的可能?庄园里乃至天湖镇有没有绑匪的内线?

这些情况都要在最短时间内,尽最大可能搞清楚。

知己知彼,才能百战不殆。

要把警察局、保安队、庄园里的家丁,能撒出去的都撒出去,利用一切可以利用的渠道,去了解,去打听,必要的时候,甚至可以到土匪中去卧底。

第三个任务:筹集赎金。

10万大洋不是一个小数目,要想尽一切办法,确保两天之内筹集到10万大洋。

第四个任务:赎回人质。

根据队长带回来的情况,时间、地点、方式,绑匪都已经确定好。三天以后,新人回门,正好可以利用回门的时机,掩人耳目,神不知,鬼不觉,和绑匪完成交易,交出10万大洋,赎回人质。

人质赎回后,要妥善安置,晓以利害,不得将消息扩散。

第五个任务:整兵备战。

警察局和保安团要抓紧练兵,主要是针对水上作战。

练兵不能公开,要秘密进行,外松内紧。

对土匪不能打草惊蛇,要示之以好,示之以弱,以麻痹其心志。

等到时机成熟,一鼓作气,聚而歼之,除恶务尽。

卧榻之侧,岂容他人酣睡!

任务交代清楚,明确到个人,时候已是不早。

于泗鲲:"今夜也只能这样了,大家都回去早点安歇吧。明天一早起来,立刻分头行动。"

6

夜已深。

万籁俱寂。

于双全却睡不着。

于双全披衣起床,踱至窗前,推开窗,一弯新月泛着冷冷的清辉,一下子映入他的眼帘。

"一道残阳铺水中,半江瑟瑟半江红。可怜九月初三夜,露似真珠月似弓。"

又不由得想起儿时,他、大哥、二哥和秀红表姐,他们在一起的快乐时光。

"弯弯的月儿小小的船,小小的船儿两头尖。我在小小的船里坐,只看见闪闪的星星蓝蓝的天。"

这是秀红表姐最喜欢的一首儿歌。

秀红表姐也教他唱。

秀红表姐的声音可真好听。

从北平回来以后,他一直想着去郑家渡,看看久未谋面的秀红表姐,却忙这忙那的,一直没有成行。

还想着,秀红表姐和哥哥结婚以后,就可以经常见着了,倒也不急在一时的。

谁想到,就遇到了土匪绑架这样的倒霉事情。

但愿秀红表姐平安无事才好。

家事已经是这样不顺了,而国事又如何呢?

淞沪抗战,国民革命军十九路军抱着"尺地寸草,不能放弃"之决心,抱着"虽牺牲至一弹一卒,决不后退"之必死信念,抗击日本侵略者。作战一个月,毙敌万余人;敌三易主帅,而我犹岿然不动。

长城抗战,国民革命军第二十九军在装备差、火力弱的明显劣势下,每人一把大刀,硬是杀得鬼子鬼哭狼嚎,哭爹喊娘,不能前进半步。

察北抗战,冯玉祥将军亲任察哈尔民众抗日同盟军总司令,方振武将军任前敌总司令,吉鸿昌将军任前敌总指挥,三路出击,先后收复保康、宝昌、沽沅、多伦,把日伪军完全赶出了察哈尔省。

可是,这时候的蒋介石在干什么呢?

淞沪抗战,十九路军的将士们在前方奋不顾身,流血牺牲;蒋介石在后方,勾结日本,多方破坏。处处掣肘的结果,是丧权辱国的《淞沪停战协定》的签订。上海成为非武装区,中国军队不得进驻。中国的领土,中国的军队却不能进驻!作为侵略者的日本军队,却可以永久驻扎!这是哪家的道理?这是侵略者的道理,也是蒋介石卖国政府的道理。

长城抗战,二十九军以血肉之躯,对抗日本侵略者的机枪、飞机和大炮;蒋介石依旧首鼠两端,坚持"攘外必先安内",密谋对日妥协。妥协的结果是《塘沽协定》的签订,中华民族的权益再一次被无耻地出卖。

察北抗战,察哈尔民众抗日同盟军的胜利给全国各界人士以巨大鼓舞;蒋介石却诬陷察哈尔民众抗日同盟军破坏国策,妨碍政令统一,对察哈尔民众抗日同盟军极尽破坏打击之能事,甚至不惜调动国民革命军十五万余人,与日军一起,对察哈尔民众抗日同盟军进行夹击。

即使面对手无寸铁而又满腔热血的学生,蒋介石也是毫不留情,绝不放过。警棍马刀机关枪,殴打逮捕加杀头。

"国破山河在,城春草木深。"

多灾多难的中华民族啊,你的明天和希望究竟在哪里?

中国啊,你该向何处走?

于成双想着,不禁忧从中来,不能自已,双眼里渐渐盈满了热泪。

楚天千里清秋,
水随天去秋无际。
遥岑远目,
献愁供恨,
玉簪螺髻。
落日楼头,
断鸿声里,
江南游子。
把吴钩看了,
栏杆拍遍,
无人会,
登临意。

休说鲈鱼堪脍,

尽西风，
季鹰归未？
求田问舍，
怕应羞见，
刘郎才气。
可惜流年，
忧愁风雨，
树犹如此！
倩何人唤取，
红巾翠袖，
揾英雄泪！

第十四章

1

无边的湖面上,一只小船在夜色中疾速地穿行。

划船的正是于万顺遍寻不到的于成武。

于成武常年在天湖里耍,方圆百里的天湖,就没有他不熟悉的地方。

天湖里新来的这帮土匪,于成武是知道的。

于成武甚至暗中跟踪过他们。

接亲之前,他本来是想提醒父亲于泗鲲的,又怕被父亲刨根问底,问他是怎么知道的,接着又要骂他整天不务正业。

虽然他从小被骂到大,早就习惯了,但能不被骂还是尽量不被骂的好。

谁愿意没事去找骂呢?

所以,多一事不如少一事,还是不要去招惹父亲的好。

再说了,在天湖,有什么事情是英明神武如于泗鲲者所解决不了的呢?

更何况还有一个神机妙算横行江湖阅人无数的于万顺呢?

他本来还打算悄悄跟在接亲队伍后面的,可因为是上巳节,一贪玩,又把这事给忘了。

看来父亲骂他也没骂错。

这会儿,他一边划着船,一边心里懊悔得要死。

几家最亲的人中,他们这一辈,舅舅胡连升家,舅妈很多,孩子却一个也没有;万顺叔干脆就没结婚,一直是一个寡汉条子;大姨家就一个女儿,郑秀红;他们家三个光头:老大于成文,老二于成武,老三于双全。兄弟姊妹四个,他和秀红姐走得最近,最亲密。

于成文和于双全长得像母亲,眉清目秀,皮肤白皙,从小就斯文懂礼,颇得父母的欢心。

于成武长得敦实,性格粗豪,莽莽撞撞,说像于泗鲲吧,其实也不太像。于泗鲲身材高大魁梧,却不粗糙;虽然性格豪爽,却粗中有细;做事风风火火,雷厉风行,却从不莽莽撞撞。

相形之下,于成武简直就是个又傻又愣的浑小子。

十二岁就闯荡江湖、二十四岁就担任汴泗镇守使、威震一方的于泗鲲,怎么能喜欢这样的儿子呢?

龙生九子,还各不相同呢。

于泗鲲无可奈何的时候,也常常这样安慰自己。

除了安慰自己,又有什么办法呢?

好歹都是自己的儿子,怨不得别人。

于成武也清楚父亲不待见自己,所以很少往他面前凑。

别说孩子了,就是家里养个小猫小狗,也知道看人脸色,也懂得人情冷暖的。

谁对小猫小狗好,小猫小狗就愿意和谁亲近。

于成武就愿意和郑秀红亲近,因为郑秀红不嫌弃他,真心对他好。

郑秀红比于成武大两岁,什么好吃的,都想着给他留着;于成武不小心闯祸了,也极力帮他瞒着;有时候,还免不了代他受过。

早知道会发生这样的事情,拼着被骂一顿也该提醒父亲的。

可是,这世上,哪里有卖后悔药的呢?

2

天湖东岸,鹤山脚下,王耀华当年暴动失败后躲藏的地方,有一处天然的港湾。

因为交通不便,人迹稀少,王耀华曾经看中的地方,李疤头也非常满意。

于是,这处港湾就成了土匪们在天湖的宿营地之一。

而鹤山上遍布的溶洞,也就成为土匪们藏身的绝佳之所。

但今天,他们不用藏身溶洞了,因为缴获了两条迎亲的大船。

溶洞固然隐蔽,但湿气太重,一夜醒来,被子都能拧出水来。

相比溶洞,两条大船简直堪比天堂。

一条大船给李疤头和郭四,以及几个心腹兄弟。

另一条大船,其他的兄弟看守着人质。

两条快船封锁住港湾的出入口,安排好几个弟兄站岗放哨,其他人就可以纵酒狂欢了。

船上有的是酒和肉。

酒是于泗鲲双沟酒厂的白酒,一坛子一坛子搬出来,摆在甲板上。

肉有整头的猪和羊,鸡鸭更不用说。

土匪的日子本来就是今朝有酒今朝醉,更何况今天,还做成了这样一笔大买卖!

汽油灯,点起来;大锅灶,支起来;大块的肉,端上来;成坛的酒,喝起来!

一个字:爽!

3

于成武找到土匪的时候,已经是下半夜,除了站岗放哨的,土匪和人质们都睡着了。

"谁?站住!"

放哨的土匪大声喝问着,同时拉动了枪栓。

喝问声和拉动枪栓的声音,在这深夜寂静的港湾里,显得分外响亮。

李疤头惊醒过来,一个鲤鱼打挺,跳起来,提着二十响的大肚盒子上了甲板。

于成武:"天湖镇于府上的,来给大当家的送上一封信。"

放哨的土匪:"什么信?"

于成武:"不知道,我家老爷说,要面呈大当家的。"

放哨的土匪:"等着!"

放哨的土匪过来禀报。

郭四等也已经起来,提着枪站在李疤头后面。

郭四:"不都说好了吗?三天以后,芦苇荡,一手交钱,一手交货,又送的哪门子的信?大哥,小心有诈!"

李疤头点点头。

李疤头:"老二说得有理。"

李疤头:"来了多少人?"

放哨的土匪:"就一个。"

李疤头:"看仔细喽。"

放哨的土匪:"看仔细了,确实是单人单船。"

李疤头:"怎么会找到这儿?罢了,先带上来再说。记得搜身,搜仔细点。"

放哨的土匪答应着去了。

不多时,于成武被带到大船的甲板上。

李疤头打量着于成武。

虽然是阳春三月,早晚还是很凉的,这家伙却仅穿着一身单裤单褂。

身体很壮硕,衣服也遮不住那一身疙瘩肉,黑黝黝地立在那里,像半截铁塔。

神情却是一副混沌未开的样子,看不出苦乐悲喜。

不是城府太深,就是个傻小子。

这个年龄,城府太深不大可能。

十之八九是个傻小子。

且问一问看,也试探一下。

李疤头:"你就是天湖镇于泗鲲于老爷派来送信的?"

于成武:"正是。"

李疤头:"不是让带信回去了吗?三天后,芦苇荡,10万大洋,一手交钱,一手交货,说得很清楚了,又送的什么信?"

于成武:"老爷交代的事,谁敢问他?"

李疤头:"那没说信送到哪?交给谁?"

于成武:"说了,交给土匪大当家的。"

李疤头:"你敢骂我们是土匪?"

于成武:"我没骂你们,老爷就是这么说的。"

李疤头:"你怎么知道找的就是我们?"

于成武:"我不知道,是你们自己说的。"

李疤头:"你家老爷怎么能确定你就一定能找到我们?"

于成武:"这我哪知道?这你得问老爷去!"

李疤头:"我看你是假送信,真探子!"

于成武:"我可不敢假送信,老爷知道,非打死我不可!"

李疤头:"你是怎么找到我们的?"

于成武:"找呗。晚上湖里也没有打鱼的了,只要找着人估摸着就是你们。"

李疤头乐了,这傻小子倒也不傻。

问了半天也没问出什么破绽,倒也可能真是送信来的。

谁家儿子被绑票了,父母能不着急呢?

也在情理之中。

李疤头:"那你的信呢?"

于成武:"老爷说,怕不安全,带的是口信。"

李疤头:"口信?你是在耍我吗?"

于成武:"没有。你们给我家老爷带的不也是口信吗?"

李疤头:"那你就有屁快放吧!三更半夜的,谁有空听你磨叽!"

于成武:"老爷说,要跟大当家的说。"

李疤头:"我就是大当家的。"

于成武:"老爷说,只能跟大当家一个人说。"

李疤头:"这里都是我的兄弟,没有外人,你就尽管说吧。"

于成武:"老爷说,只能跟大当家一个人说。"

李疤头怒从心头起,恶向胆边生。

李疤头逼近一步。

李疤头:"你到底说还是不说?"

于成武:"老爷说,只能跟大当家的一个人说。"

李疤头被搞崩溃了。

李疤头走到于成武跟前,提起枪,用枪管指着于成武的脑袋。

李疤头:"说！你再不说,信不信我一枪——"

话未说完,只见于成武一个矮身,眨眼之间,转到了李疤头身后,李疤头手中的枪,也变魔术似的落到了于成武手中。

于成武一手扣住李疤头的咽喉,一手拿枪顶着李疤头的脑袋。

土匪们一时都蒙了,不知如何是好。

还是郭四反应快,立刻举枪射击。

谁知于成武更快。

砰！一声枪响。

一颗子弹正中郭四眉心。

郭四应声而倒。

倒在甲板上的郭四,人死了,眼睛还睁得大大的,好像还不相信刚才发生的这一幕。

李疤头:"好汉！兄弟！有话好说！"

于成武:"我一直都是好好说话的,不好好说话的是你们！"

于成武:"好好听着！让你的兄弟带着人质,我押着你,立刻开船,去天湖码头。人质有半点闪失,你这条命就别想要了！"

李疤头:"全听你安排！好汉！全听你安排！"

这个时候,李疤头才看出来,这个送信的傻小子,一点也不傻。

4

天亮的时候,于成武押着李疤头,众土匪带着人质,这样一支特殊的船队,到达了天湖码头。

看着土匪黑洞洞的枪口,围观的人群远远地站着,谁也不敢靠得太近。

于泗鲲得到消息,立刻和于万顺、胡连升赶往码头。

于双全也要跟着去,被于泗鲲坚决制止了。

到了码头,于泗鲲看见,大船的甲板上,于成武正用枪顶着一个人的脑袋,不用说,这个人一定是土匪的大当家的了。

于泗鲲一抱拳。

于泗鲲:"敢问大当家的,怎么称呼?"

李疤头:"不敢,在下江湖人称李疤头。敢问阁下尊姓大名?"

枪口下,李疤头倒也镇定自若,对答如流,不失枭雄本色。

于泗鲲:"于泗鲲。可否请阁下移步,到府上一叙?"

李疤头苦笑一声。

李疤头心想:我倒是想啊!可我敢动吗?动得了吗?

李疤头:"于老爷手下果然了得,李某认栽。人质毫发无损,这就请领回去。李某若侥幸不死,自当后报。"

于成武:"万顺叔,别跟他们废话了,快把人质领回去。"

一帮人质下船。

于成武:"让你的兄弟掉转船头,我送你去芦苇荡。"

于成武说着,提起李疤头,从大船上一跃而下,稳稳地落在大船边的一条小船上。

人群中顿时爆发出一阵喝彩。

连土匪也由衷地为于成武的身手感到佩服。

如果说在鹤山港湾的夜晚,治服李疤头还有诡计和侥幸的成分,刚才的这纵身一跃,手里还抓着一个近 200 斤的活人,没有点绝活,是根本就不可能办到的。

5

芦苇荡。

于成武拍拍李疤头。

于成武:"让你的兄弟继续往前开,不要停,不要回头。"

于成武看着土匪的快船和自己的小船渐渐拉开了距离。

于成武:"大当家的,你我也就此别过吧。下次别让我再碰见你,再碰见你可就没有这么便宜的事了。"

于成武一纵身,跃入水中。

李疤头举目四顾,除了两边密密的芦苇,和远处水天茫茫的一片,哪里还能找到半点于成武的踪影。

6

于圩子,于家庄园,一楼大堂。

于泗鲲坐在太师椅上,满脸怒气。

于成武跪在地上,上半身挺得直直的,一脸的不服气。

昨天晚上商议的计划,全被这个浑小子搅乱了。

现在,满天湖镇的人都知道,于泗鲲的儿子,连新媳妇一起,昨天被水匪劫了。

很快,泗水县的人,乃至整个汴泗地区,都会知道这件事情。

好事不出门,坏事传千里,自古而然。

关键还不在这里,关键是打了草惊了蛇,以后再想彻底剿灭这帮土匪就会难上加难。

土匪在暗处,他们在明处。

土匪是无本生意,他们可是实实在在的贸易。

天湖的交通安全就是贸易的咽喉。

咽喉都被人卡住了,以后这贸易还怎么做?

再说救人本身这件事情,也太冒险了!

简直是拿几十条人质的性命开玩笑。

如果当时这帮土匪识破了于成武的用心,那后果会是什么样?

即使于成文不被杀,死几个人怕是不可避免吧?

那万一劫匪丧心病狂撕票呢?

这样的事情多得是!

只不过这个浑小子没有经历过,不知道害怕,不知道天高地厚而已!

他这是去救人吗?

他这是去害人!

还好老天有眼!

还好这帮土匪愚蠢!

否则后果真是不堪设想!

现在想起来,他还后怕,后脊梁还一个劲儿地冒冷汗。

可是这个浑小子,他还不服气!

真想打断他的腿!

对了,还有,这一身功夫是哪来的?

连于万顺都说不清楚。

这不太可怕了吗?

天湖镇竟然有这样的高手。

这样的高手,潜伏在天湖镇,意欲何为?

这样的高手究竟是谁?

不行! 一定得问清楚。

于泗鲲:"好,这个事情,不管怎么说,人安全救回来了,我也就不再追究了。但有一件事情,你务必要给我说清楚。你这一身功夫是谁教给你的? 从什么时候开始教你的? 为什么要教你功夫?"

于成武头一梗:"你问的三个问题,我只能回答你两个,我的功夫是弥陀寺的慧深老和尚教的,你从泗水县城搬到天湖不久,我就开始跟他学了。为什么教我,你问他去。"

于泗鲲:"好,明天我便带你一起去弥陀寺,当面问他。你若有半句假话,看我不打断你的腿!"

7

弥陀寺在天湖镇的北边,是一处古寺,据说始建于明代。

大概是在明洪武年间,天湖边来了一个游方的和尚,法号弘明。

这弘明和尚,自幼出家,笃信佛法,一心只要弘扬大乘教义,普度众生。

为弘扬大乘教义,普度众生,弘明和尚许下大愿,要在全国各地建九九八十一座弥陀寺。

当他来到天湖岸边之时,已经建好八十座弥陀寺,只剩下一座没有建成了。

此时的弘明和尚已是七十高龄。

俗话说,人生七十古来稀。

弘明和尚可能也感觉到来日无多,来到天湖之后,便不再东奔西走,而是择天湖岸边的一处高地定居下来,然后四处化缘,开始筹建第八十一座弥陀寺。

不久,弥陀寺建成,前后大殿各六间,东西廊房各四间,雕梁画栋,十分精美。

而弘明和尚也因为建这座寺庙,耗尽了最后一丝心力,不久就圆寂了。

弘明和尚圆寂之后,有一年天湖发大水,水势汹汹。

情急之下，人们躲进弥陀寺避难。

这时候，神奇的事情发生了。

天湖的水在不断上涨。

可是不管天湖的水怎么上涨，庙台总要高出水面一段距离。

原来，弘明和尚有一双慧眼，他刚到天湖就已经发现，天湖边的这块高地，其实是一只神龟的龟壳。

弘明和尚把弥陀寺建在神龟的龟壳之上，就是要救度神龟，进而普度众生。

所谓救人救到底，送佛送到西。

为防止神龟中途反悔，功德半途而废，弘明和尚圆寂之前，又在弥陀寺的四周，神龟四个爪子的位置，各建一座神庙，将神龟彻底镇住，从此只能服务众生，再也无法逃走。

可是，神龟虽然镇住了，弘明和尚还是忘记了一件事情。

那便是：神龟虽寿，犹有竟时。

8

于泗鲲带着于成武来到弥陀寺。

小和尚一见到于成武，眼泪就流了下来。

小和尚："师兄，昨日为何不来？"

于成武心中一沉。

于成武："怎么了？"

小和尚："师父昨日圆寂了。"

于成武连忙奔进师父的房间，却看见师父端坐在一口大缸中，确实已经坐化多时了。

于成武问小和尚："师父坐化前，有没有什么交代？"

小和尚:"留下来三首偈子。"

于成武:"在哪里？快取来我看。"

小和尚:"在小僧心里,师兄听好了。"

小和尚说偈子。

第一个偈子:

"三十六年梦一场,也曾扶清来灭洋。不谙豺狼食人性,徒害无辜把命丧。"

第二个偈子:

"血债终需血来偿,菩萨不做做金刚。月黑风高杀人夜,扬善惩恶慰衷肠。"

第三个偈子:

"天湖岸边弥陀寺,寻得因果旧相识。生平所学传授尽,含笑魂归旃檀林。"

偈子念完,于成武还在懵懂之中。

于泗鲲的心中,却如电光石火一般。

刹那间,他什么都明白了。

第十五章

1

于成文投军了。

其实也算不上投军,就是到胡连升的保安团,做了一个连长。

于成文之所以投军,狠心丢下新婚的郑秀红孤零零一个人留在庄园,并不是不爱郑秀红了,恰恰相反,是因为太爱,所以无法面对。

郭四的那一脚,太狠了,直接把他踢残废了,从此,他再也没有做一个合格男人的资格。

他试着努力过,郑秀红也帮着他,但没有用。

除了还能撒尿,其他的,什么也干不了。

痛苦,眼泪。

但痛苦和眼泪,除了折磨自己和爱人,有什么用呢?

痛苦和眼泪很快就转化成了怒火,冲天的怒火。

他要报仇,要把那帮土匪赶尽杀绝!

要报仇,可不是一件容易事。

他不是于成武,有一身过人的本领。

他只是个书生。

他要报仇,就必须借助其他的力量。

而可以借助的力量中,最佳的选择,莫过于保安团。

2

保安团能有什么力量呢?

虽然也穿着军装,却不会打仗。

除了欺负老百姓、抽大烟、逛窑子,别的什么也干不了。

这可不一定。

保安团能干什么,不能干什么,要看保安团的领导是谁。

领导有时很重要。

别人来领导,保安团确实除了抽大烟、逛窑子、欺负老百姓,其他的什么也干不了。

但于成文来领导,除了不能抽大烟、逛窑子、欺负老百姓,其他的什么都干得了。

尤其是打土匪。

3

于成文到保安团当连长之后的第一件事情,就是把全连包括司务长在内,全部集合到训练场上,搬一根木头。

木头不重,只有十几斤,一个小孩都能扛起来。

木头放在训练场的东头。

于成文告诉手下的弟兄,把木头从训练场的东头搬到训练场的西头,赏20块大洋。

有这么好的事情?

有!

没听错吧?

没有。

那就搬呗。

没有人敢上来搬。

为什么?

谁也不知道长官葫芦里卖的什么药。

这年头,天上掉馅饼的事情,基本都不是什么好事。

你以为掉下来的是馅饼,其实馅饼里裹着大石头,砸死你都不知道是怎么死的。

没有人上来搬,于成文也不急,也不催,更不下命令。

就一个字:等。

等到什么时候?

等到什么时候,就什么时候。

这种事情,不能着急,要水到渠成才有用。

4

搬木头的事情,到底水到渠成了。

保安团的兄弟们看于成文的目光和以前有点不一样了。

"这小子,说话还真算话,听他的,倒也没坏处。"

背后说什么,没关系,当面听话就好。

听话了,就可以练兵了。

先是绕着训练场跑,500米。

一点点加码:1000米,1500米,2000米。

训练场不在话下了,拉出去,野外跑,全副武装,3000米,5000米,10000米,最后到20000米。

有人嫌累,不干。

不干的,劝退。

不退。

不退也不干。

那就不客气了,军法处置。

第一次,二十军棍;第二次,四十军棍;第三次,没有第三次,直接拉出去,枪毙。

慈不掌兵,该狠就得狠。

5

说话算话,是信。

赏罚分明,是威。

还缺一样:恩。

和手下的兄弟,光有威有信是不够的,真上了战场,说不定就有人从背后打你黑枪。

还要示之以恩,和他们恩连义结,像他的父亲于泗鲲带兵一样,你真心对弟兄们好,平时多为弟兄们考虑,关键的时候,弟兄们才能为你卖命。

共产党的队伍在这一点上是真的好。

部队内部实行民主,官兵平等,不准打骂士兵,建立士兵委员会。

好的东西就要学习,就要拿过来为我所用。

于成文不但在自己的连队里建立了士兵委员会,而且亲自深入弟兄们当中,和他们同吃同住,了解他们的家庭情况、他们的喜怒哀乐、他们的困难、他们的诉求。

6

民国二十五年冬,天湖镇于圩子于家庄园,传来两条消息。

一条是公开的,于泗鲲一直想办而没有办到的,也是他一直最为担心的,活跃于天湖的那帮土匪,被于成文剿灭了。除了匪首李疤头身负重伤,下落不明,其他的尽数被击毙,一个也没有漏网。

还有一条消息,是秘密的,只有于双全知道。

这条消息是吴乃鸣专门派人送过来的,陕西西安发生了兵谏。

民国二十五年 12 月 12 日,东北军的张学良,联合西北军的杨虎城,在西安突然发动兵谏。杨虎城派兵包围了蒋介石下榻的临潼华清池,解除了蒋介石的卫队武装后,将蒋介石及其随从的陈诚、朱绍良等 20 多名国民党高级军政官员全部扣押,并通电全国,说明兵谏的目的:"只求于救亡主张贯彻。"对蒋介石本人只是"为最后之诤谏,保其安全,促其反省"。同时提出改组南京政府、停止内战、释放一切政治犯、立即召开救国会议等八项主张。

西安事变发生后,中国共产党中央从中华民族全民族利益的大局出发,确定了和平解决西安事变的基本方针。

第一,反对新的内战,南京和西安之间在团结抗日的基础上和平解决西安事变。

第二,联合国民党左派,争取中间派,反对亲日派,推动南京政府走上抗日道路。

第三,给张学良、杨虎城以政治上、军事上的积极援助。

第四,做好实际准备,随时迎击亲日派和日军的武装进攻。

吴乃鸣在传达了国内最新的斗争形势后,要求于双全,密切关注天湖乃至汴泗地区的斗争形势,结合并适应国内新形势的发展,为即将到来的新的革命高潮做好准备。

两条消息,给庄园带来了巨大的欢乐。

剿灭土匪的消息,令春天以来一直笼罩在庄园上空的阴霾一扫而空。

庄园沸腾了,天湖镇沸腾了。

前来祝贺的人络绎不绝。

于泗鲲亲自安排下去,庄园张灯结彩,大摆宴筵。

而西安事变的消息,这巨大的欢乐,在现在的环境下,还只能暂时只属于双全自己。

他想起了毛润之先生的那首词:《清平乐·六盘山》。

天高云淡,
望断南飞雁。
不到长城非好汉,
屈指行程二万。
六盘山上高峰,
红旗漫卷西风。
今日长缨在手,
何时缚住苍龙?

第一卷完
2021年4月于合肥